レモンの図書室

ジョー・コットリル 作
杉田七重 訳

小学館

レモンの図書室

長年にわたって、わたしをささえてくれたすべての友人、
とりわけシェリー、マンディー、クレア、エスター、
ジョン、キャス、ヘレン、スティーブに捧げる。
フィルには最大の感謝を。

A LIBRARY OF LEMONS
by Jo Cotterill

Originally published in the English language as A Library of Lemons
by Piccadilly Press, an imprint of Bonnier Publishing Ltd., London
 Japanese translation published by
arrangement with Bonnier Zaffre Limited
through The English Agency (Japan) Ltd.

装画・挿絵／くぼあやこ

装丁／中嶋香織

1

今日、転校生のメイに「遊ぼう」といわれた。どう答えていいかわからなかった。メイは長くのばした黒い髪《かみ》を二本の三つあみにして、頭のてっぺんにとめている。ハイジか、『サウンド・オブ・ミュージック』に出てくる子どもみたい。顔はお人形さんのようにまん丸で、青いひとみがきらきらしてる。メイは今学期からこの学校に転入したばかりだ。

わたしは校庭のすみのお気に入りの場所にすわって本を読んでいた。休み時間はいつもそう。メイは当然うんといってもらえると思っているように、にっこり笑いかけてきたけど、わたしは首を横にふって、また本にもどった。

「オーケイ」メイはそういって、はなれていく。

本に集中しようとしても、目がかってに相手を追いかけてしまう。「オーケイ」っていうのはメイの口ぐせで、それがなんだかにあってる。メイ、オーケイ。名前ともひびきがにている。家を引っ越《こ》したんで、この学校に転入したと、話しあい活動の時間にそういっていた。べつにどうってことないって顔で。いつでも楽しそうにしている子だった。

わたしに断《ことわ》られたあと、たぶんほかの子に声をかけるんだろうと思っていた。ところがメイはひとりでフェンスのほうまで歩いていって、地面に落ちている小枝《こえだ》を拾いだした。集めた小枝《こえだ》を小さな山にする。それから地べたにすわって、ポケットからなにか引っぱりだした。日ざしがあたってきらっと光った。虫めがねだ。

小枝《こえだ》に火をつけるつもりだ。わたしは目がはなせなくなった。つくかな？　角度の調整に手こずってるみたい。メイは何度も空を見あげては、虫めがねに目を落とし、かたむきをいろいろ変えている。

あれじゃあ、だめだ。一度角度を決めたら、そのまま動かさないで、小枝《こえだ》の一点に光を集中させて熱さなきゃいけない。前に本で読んだことがあった。かんたんにはいかないけど、しんぼう強くやって、日ざしの強さがじゅうぶんなら、火はつくはずだった。でもいまは秋。日ざしはさほど強くない。

あんまり夢中《むちゅう》になって見ていたので、メイが顔をあげてこっちを見た瞬間《しゅんかん》、びっくりして本を落としそうになった。あわててまた本に目をもどしたけど、がまんできなくて、もう一度ちらっとメイに目をむけた。まだこっちを見てる。それから、にこっと笑いかけてきた。まるで友だちみたいに。

はずかしくて顔が熱くなった。もう二度と本から目はあげない。

結局火はつかなかったんだ。もしついたなら、先生が飛んできている。でもそんなことはなくて、チャイムが鳴って、みんなはいつものように昇降口《しょうこうぐち》に列をつくった。わたしはぐずぐずその場に残っていて、みんながだいたい校舎《こうしゃ》に入ったところで、メイのつくった小枝《こえだ》の山を見にフェンスへ走っていった。

小枝《こえだ》は山になってはいなかった。地面の上に文字をかたどってならんでいた。小枝《こえだ》で言葉がつづられている。

カリプソ

急いで教室にもどっていきながら、心臓《しんぞう》がドキドキしていた。どうして小枝《こえだ》でわたしの名前なんか?

「自分のいちばんの友だちは自分なんだ」と、パパはいつもそういう。まだ小さかったころにはどういうことだかわからなかったけど、いまはわかる。ひとりでも幸せで、ひとりでもいいと思える。つまり、人にたよるようじゃだめってこと。「他人はいらない」ってパパはいう。

じゃあママも必要じゃなかったのって、ときどき思うけど、そんなことはパパにきけない。ママにだってきけない。もう死んでしまったから。

いつもひとりですわっているわたしを先生たちはよく心配した。

「カリプソはいつもひとりでいます」とか、「人と交わろうとしません」とか、そんなことをよく通知表に書かれる。まるでそれが、いけないことだというように。

つい最近もらった通知表にはいつもとちがうことが書かれていた。

「親しい友だちをつくれないようだと、来年中学校へ入ってから苦労します」

「先生たちはわかっちゃいない」通知表を読み終わって、パパはそういった。「他人を必要としない人間がいるってことを知らないんだ。人にたよらずに生きることは、さびしいことだと思ってる。心を強く持てなんて、いわれたこともないんだろう」

人間は強い心を持たなくちゃいけないと、パパはかたく信じている。

「もしパパになにかあったとしても、おまえはだいじょうぶだ、カリプソ」パパはそういう。「おまえには人一倍強い心がそなわっているんだから」

そう思ってもらうのはうれしいけど、パパに「なにか」あるなんてことは考えたくなかった。その「なにか」が、五年前ママの身に起きた。あっというまのできごとだった。ちょっとぐあいが悪くなったので病院に行って検査《けんさ》を受けたところ、がんだといわれ、それから一気に重症《じゅうしょう》になって、まもなく死んだ。もしパパも死んだら、わたしはだいじょうぶだなんてまったく思えない。

そういうことをいわれるたびに、目に涙《なみだ》がたまってくる。パパはそれに気づいて、がっかりしたように首を横にふる。

「泣いたところで、なにもいいことはない。泣かずにすむように、教えてるんじゃないか。おまえのなかの強い心はどうした」

わたしは涙《なみだ》をふき、強い心を見つけようとする。ぜったいにある、まちがいない。パパにしょっちゅういわれてるから、いまでは自分でもそう思えた。

「わたしはだいじょうぶ」いいながら、声がふるえないようにがんばった。「それに、もし……わたしになにかあっても……パパはだいじょうぶ」

2

「ああ、だいじょうぶだ」パパがいう。わたしをはげますように笑《え》みをうかべてから、自分の書斎《しょさい》に入ってしまった。わたしはパパの答えを気にしないようにする。だいじょうぶなのは、パパが強い心を持っているから。わたしを愛してないからじゃない。

学校ではもうみんな、わたしの友だちになるのはあきらめてしまった。わたしだってみんなといっしょに遊ぶのは好き。べつに人ぎらいってわけじゃない。だけど正直にいえば、本のほうがいい。本が頭のなかにつくってくれる安らぎの場所。魔法《まほう》や、無人島や、謎《なぞ》に満ちた世界が好きだった。

メイはこの学校に入ってきたばかりだから、まだわたしのことがわかってない。何日かたてばわかってきて、そうしたら、だれかべつの子を見つけて友だちにするだろう。

家に着いても、メイと、メイのつくった小枝《こえだ》の文字のことが気になっていた。玄関《げんかん》をぬけて、パパの仕事のじゃまをしないよう書斎《しょさい》の前をしのび足で通りすぎる。書斎《しょさい》は左手にあって、古めかしい木製《もくせい》のぶあついドアがついているから、どうせ足音はきこえないけど、音を立てないように歩くのが習慣《しゅうかん》になっていた。それから階段《かいだん》をあがって自分の部屋に入り、宿題をかたづけにかかった。

一階の、本がいっぱいおいてある部屋はずっと前からパパの書斎《しょさい》になっている。ママは二階に三つある寝室《しんしつ》のうち、いちばんせまい部屋を小さなアトリエにしていた。ママが亡《な》くなったあとは、パパといっしょに、そこをわたしの図書室につくりかえた。

それでいまわたしは、図書室と寝室《しんしつ》のふた部屋を持っていて、とても恵《めぐ》まれている。だって同い年の子で、本をおくためだけにひと部屋丸ごとつかっているなんて話はきいたことがないから。ママが生きているとき、その部屋はキャンバスやイーゼル、油絵の具や水彩《すいさい》絵の具、絵の具をうすめる液《えき》であふれかえっていた。そういったものはもう何年も前に、ひとつ残らずかたづけたのに、その部屋に入るとまだかすかに油絵の具のにおいがする。

自分の図書室にすわって、かべにならぶ書棚《しょだな》にぎっしりつまった本に囲まれて、ママのなつかしいにおいをすいこみながら読書できるのはうれしい。わたしの特別な部屋だから、パパも入ってこなかった。

宿題が終わると、夕食の用意をしに下へおりていく。いつものように、戸棚《とだな》にはあんまりものが入ってないけど、パンとチーズがあって、あとインゲン豆のトマトソース煮《に》の缶《かん》詰《づめ》もひと缶《かん》あった。パンを焼いて、温めた豆をのせ、仕上げにチーズをおろしてふりかけた。それからキッチンのテーブルについて片手《かたて》で食べる——もういっぽうの手では、本をひらいて正面に立てておく。

今日は『少女ポリアンナ』っていう、ずいぶんむかしの本。いまひとつ本の世界に入りこめないのは、主人公がおそろしく退屈《たいくつ》で、人に好かれることしか頭にないからだ。このまま読みつづけても時間のむだかもしれないと思えてきた。わたしは『赤毛のアン』に出てくる、アンみたいな子のほうがずっと好き。それか、『屋根の上で暮《く》らす子どもたち（未邦訳《みほうやく》）』のソフィとか、『綱渡《つなわた》りの少女（未邦訳《みほうやく》）』のルーイとか。みんな想像力《そうぞうりょく》が豊《ゆた》かで冒険《ぼうけん》が大好き。「よかったさがし」なんかで時間をむだにしたりしない。

食べ終わって食器を洗《あら》っても、まだパパがあらわれないので、お茶をいれて書斎《しょさい》に持っていくことにする。

「パパ？」

ずっしりしたドアをノックしてからおしあける。

むかって左にある机《つくえ》にパパはいつものようにすわって、原稿《げんこう》に集中していた。パパは校正者で、本が印刷される前に原稿《げんこう》にまちがいがないかチェックする。十人の編集者《へんしゅうしゃ》が見《み》逃《のが》したまちがいもパパには見つけることができる。最近はだれもがコンピューターをつかうけれど、校正の仕事に関してはだれもパパにかなわない。パパもコンピューターは持ってるけど、ほとんどつかわない。モニターにうつった文章でまちがいをもれなく見つけるのは不可能《ふかのう》だといって、原稿《げんこう》はぜんぶプリントアウトしているから、机《つくえ》の上はいつも紙の山でおおわれている。

長方形の大きな部屋はずいぶんと暗い。前庭《まえにわ》に生えている木々が育ちすぎて、大きな出《で》窓《まど》から差しこむはずの光をさえぎっているからだ。それでなくても、今日はどんよりとしたくもり空。まだわたしたちがここに越《こ》してくる数年前、だれかがかべをくりぬいて、その先にある温室みたいなところへ通じるガラスのドアをつくった。きっとそのときに、日ざしで本がいたむのを心配したんだろう。かべの三面をおおう、美しい木製《もくせい》の本棚《ほんだな》にはぜんぶ大きなシャッター式の扉《とびら》がついている。いまではもう本棚《ほんだな》に日があたることもないけど、むかしからの習慣《しゅうかん》でシャッターはいつもしまっていた。机《つくえ》のライトをつければ明るくなるけど、パパはこのままが好きだった。わたしも同じ。ひっそり暗い書斎《しょさい》は気持ちが落ち着く。シャッターのむこうで、いろんな本の登場人物がしのび足で歩いていそうな気がする。

「はい、お茶」わたしはいって、机《つくえ》のすみにカップをおいた。

「このページの終わりまで」パパはこちらに指を一本立てたまま、原稿《げんこう》から目をはなさない。

わたしは待った。パパは四十二歳《さい》だけど、正しい年齢《ねんれい》を当てられる人はまずいない。ずっと若《わか》く見えるときもあれば、ひどく老《ふ》けて見えることもあって、どっちになるかは、そのときのパパの気分や、なにに集中しているかによる。ふわふわした茶色の髪《かみ》の毛《け》は、海岸から波が引いていくみたいに、おでこからゆっくりと後退《こうたい》している。読書用のめがねをかけていて、生まれつき背《せ》が高く、やせてひょろりとしている。むかし、わたしがまだとても小さかったとき、パパがかかしのかっこうをしてくれたことがあって、なぜかそれがすごくよくにあっていた。もしかしてパパの前世はかかしだったんじゃないかと思うほどに。

パパはページの最後まで目を通し終わると、最終行のある単語の下に、小さく走り書きをした。それから顔をあげると、目のはしにしわをよせて、わたしににっと笑いかけた。

「お帰り、カリプソ。学校はどうだった？」

「楽しかった。新しく入ってきた女の子が、地面に小枝《こえだ》で、わたしの名前をつくったの」

パパはめがねをはずして首をかしげた。

「みょうだな」

「そうだよね」

「いっしょにゲームでもしてたか？」

「ちがう、ひとり」

「その子は、自分の名前も同じようにつくったのかい？」

「ううん、わたしの名前だけ」

パパがかたをすくめた。「まあ、いいか。人はときどきおかしなことをするもんだ」

「まあ、そうかもね。で、それはなに？」

パパの顔がぱっと明るくなった。「科学雑誌《ざっし》だよ。クエン酸《さん》について、すごくいい記事がのってるんだ。パパの書いてる歴史の本が出版《しゅっぱん》されたら、この著者《ちょしゃ》に書評《しょひょう》をお願いしようと思ってる」

パパはいま本を書いていて、これは「最高傑作《けっさく》」で、相当ぶあつい本になるらしい。『レモンの歴史』というタイトルをつけて、レモンがどこで生まれて、その後何世紀もかけてどのように進化してきたか、レモンからどんな薬品がつくれるか、レモンをつかった料理のレシピまで……レモンに関するありとあらゆることを書いている。いつの日か、パパが有名な作家になったらすごいと思う。わたしも自分の図書室でたくさんの本と著者《ちょしゃ》に囲まれていると、いつか自分も本を出したいって夢見《ゆめ》ることがあった。だけど口に出してはいわない。もしいってしまえば、シャボン玉に息をふきかけたみたいに、その夢《ゆめ》もふっと消えてしまうから。

パパの書斎《しょさい》はむかし、家具をみがく、みつろうのにおいがしていたけど、いまはそれがレモンの香《かお》りに変わっている。パパがレモンの木を育てるようになったからだ。いまから数年前、パパはとつぜんがむしゃらに、温室をきれいさっぱりかたづけた。それから植木屋さんでレモンの苗木《なえぎ》を六本買い、レモンの育て方が書いてある本も一冊《さつ》買ってきた。なんだかすごく変な日だった。朝学校へ行って、帰ってきたら、うちにレモンの果樹園《かじゅえん》ができあがっていた。パパが本を書きだしたのは、それからまもなくだったと思う。

わたしはレモンの木に本を読みきかせたりもしてみた。植物は本を読んでもらうのが好きだときいたことがあったから。でもそのうち、一本の木の葉が茶色くなってきて、もうやめてくれとパパにいわれた。

「夕ごはん食べるの、わすれてないよね？」わたしはさっそくきいた。

「夕ごはん？」とまどった顔。

「そう。トーストでもつくろうか？　ざんねんだけど、豆の缶詰《かんづめ》もなくなっちゃった」

「いま何時だ？」

「六時半」

「六時半って、もうそんな時間か？　ずいぶん遅《おそ》い帰りじゃないか」

「帰ってきたのはもう何時間も前だよ、パパ」

「ほんとうに？　物音もきこえなかったぞ」

「夕ごはんはどうするの」わたしはいらいらしていった。

「うーん、トーストは気が進まないなあ」

「オーケイ……でも、ほかに食べるものはほとんどないんだけど」

パパがみけんにしわをよせた。「その言葉、パパはきらいだっていっただろ、カリプソ。たのむから、つかわないでくれ」

「ごめんなさい」

「オーケイ」なんていうのは、下品なはやり言葉でよくないというのがパパの考え。でも、学校でみんながいつもつかっているから、ついつかってしまう。それにオーケイはメイだってよく口にする。オーケイ、メイ。メイは感じのいい子で、その子がつかってるんだから問題ないんじゃない？　つかっていい人と、いけない人がいるというなら、その区別はどうやってつけるんだろう。きいてみようと口をあけたところ、ふいにパパがさっと頭をあげて、おもしろがるような目でわたしをじっと見た。もうみけんのしわは消えている。

「ピザ食べに行こうか？」

いまのパパの表情《ひょうじょう》を見たら、四十歳《さい》をすぎているとはだれにもわからないだろう。まるで大きな子どもみたいにワクワクした顔をしている。

わたしは目をぱちくりさせた。「え、いまから？」

「もちろん！」パパはぴょんと立ちあがり、みだれた髪《かみ》を手でなでつけた。「気ままに行こうじゃないか！」

「ねえパパ、わたし豆を食べたばかりなんだけど」

「だがピザならまだ入る、そうだろ？　ピザはみんなの大好物。さあコートを着ておいで！」

「これからおふろに入ろうと思ってたのに……」なにをいってもむだだった。パパはもうろうかに出て、くつをさがしてる。

わたしは上着のポケットに本を入れて、パパのあとにつづいた。


うちのフォルクスワーゲンはなかなかエンジンがかからない。わたしは息をつめて待つ。

「そらそら、いい子ちゃん」パパがいう。「きげんを直して、出発しようじゃないか」

なんだかパパは『少女ポリアンナ』の世界からぬけでてきたみたい。いまどき車にむかって「いい子ちゃん」なんてよびかける人がどこにいる？

せきこむような音がして車にエンジンがかかったので、ほっとして息をはいた。ぜんぜん動かなくなる日もきっとそう遠くない。車は車検《しゃけん》に出さないといけないのは、わたしも知っている。でもうちの車はもう何年も出してないと思う。きっとこれは「社会に対する脅威《きょうい》」だ。校長先生のミセス・ジルクスがゆるしがたい人やものをなんでもそうよんでいる。

パパはもりもりピザを食べた。わたしはまだトーストと豆でおなかがふくれていたので、ふたきれしか食べなかったけど、おいしかった。パパがもっと早くに食べに行こうといってくれていたら、豆は明日のためにとっておけたのに。

「食べるものを少し買って帰らないと」レストランを出るときにパパにいった。

パパはうなずいた。「おまえが学校に行っているあいだに買っとくよ」

「ほんとに？　このあいだみたいにわすれたりしない？」

パパはにやっと笑うと、わたしの手をとって、車をとめた場所まで歩いていった。

「ちかって、必ず」

その夜は気分がよかった。ベッドに入って『少女ポリアンナ』の新しい章を読みだしたんだけど、いきなりウッとなった。子牛の脚《あし》のゼリーってなによ？　おいしそうには思えない。

ベッドわきのテーブルに手をのばして、写真立てをそっとなでる。寝《ね》る前の習慣《しゅうかん》だ。

「おやすみなさい、ママ」

写真立てのなかからママがほほえんでくれる。日ざしをあびてかがやく赤褐色《せきかっしょく》の髪《かみ》。わたしが小さいころ、太陽はいまより明るくかがやいていたのかな。実際《じっさい》はどうかわからないけど、そんな気がする。それからライトを消してメイのことを考えた。メイはちょっとポリアンナににている。明るいタイプ。また明日、仲よくなろうと声をかけてくるかな。そうしてほしいのか、してほしくないのか、自分でもよくわからない。

3

国語の授業《じゅぎょう》でスポットリン先生が、わたしとメイを対戦させた。机《つくえ》にならべた単語カードのなかから意味のにているものどうしを選びだすゲームだ。先生からもらったのは上級者むけのカード。文字がむらさき色で印刷されているからそうだとわかる。ほかのみんながもらったのはたいてい緑か青で印刷されたカード。ディスレクシア（読字障害《しょうがい》）のある子のカードは赤で印刷されている。

わたしは本をたくさん読むので、言葉もたくさん知っている。対戦相手になったってことは、メイもやっぱり本をいっぱい読むのかな。もしかしたら、どの組に入れていいか、先生がまだわからないせいかも。

「おしゃべりと――」わたしはいって、意味のにているカードに手をのばす。「饒舌《じょうぜつ》」

メイがうなずく。それから「不安と――心配」といって、二枚《まい》のカードを組にした。

これはわかりやすい。

「洗練《せんれん》と優雅《ゆうが》」今度はわたしが見つけた。

「揮発《きはつ》と蒸発」とメイ。

すごい。「揮発《きはつ》」なんて言葉を知っている子は、このクラスにそうはいない。きっとメイもたくさん本を読んでるんだろう。ずらりとならんだ小さな長方形のカードに、わたしも必死になって目を走らせる。

またメイが見つけた。「微細《びさい》な」と「小さい」。

わたしはまゆをつりあげ、むきになって「思慮深《しりょぶか》い」と「知的な」のカードに手をのばした。

「すごいね」とメイ。

「そっちもね」とわたし。

メイが顔をぱっとかがやかせた。「言葉が好きなの」

「わたしも」これはちょっとしたおどろきだった。同い年の子で、「言葉が好き」なんていう子に、これまで会ったことがない。

「言葉って、食べ物みたいだと思わない？」メイがカードに目を落としたままいう。「それぞれに味があって、口あたりがちがう。ほら、怜悧《れいり》と才気煥発《さいきかんぱつ》は、意味はにてるけど、感じがちがうでしょ。怜悧《れいり》はなんか気どった、冷たい感じがして——いい終わった瞬間《しゅんかん》に、口のなかがひやっとしそうな感じ。だけど才気煥発《さいきかんぱつ》のほうは、サイ、キ（ー）、カン、パツ。行進曲のリズムみたい。かむとぱちっとはじけそう」

なんと答えていいのか、まったくわからない。これまで言葉をそんなふうに考えたことはなかったから、頭がびっくりしてショートしてしまったみたい。

わたしたちは記録的な速さで残りのカードをすべて組みあわせ、終わりましたと先生をよんだ。スポットリン先生は笑い声をあげた。

「これ以上むずかしいカードは持ってこなかったわ」とざんねんそう。「ふたりとも、あとはなにか本を読んでいてちょうだい」

そういわれてメイはうれしそうだった。いっしょに行って、自分の引き出しから本を一冊《さつ》引っぱりだした。

わたしは『少女ポリアンナ』をとちゅうでやめていた。きのう、子牛の脚《あし》のゼリーを無理やり食べさせられる夢《ゆめ》を見てしまって、思い出すといまでもはき気がする。いま読んでるのは、『黒馬物語』で、馬の話なんだけど、心温まるほのぼのした物語じゃない。むかし、ブラック・ビューティーという馬がいて、何人かの人にひどいあつかいを受ける話だ。わたしはとくに馬が好きってわけじゃないけど、ストーリーがいい。一文がちょっと長すぎる気もするけど。メイからああいう話をきいてしまったので、言葉を声に出して読みたくてうずうずする。どんな口あたりがするのかためしてみたい。

それができないので、メイの読んでいる本をちらっと見てみる。なにか日記みたいな本。「日記?」そんなつもりはなかったのに、見くだす口調になってしまった。わたしがこれまで読んだ日記は、自分がプリンセスだってわかった女の子の日記だけで、あれはちょっとばかげてると思った。

「どんな日記?」

「戦争について書いてあるの」とメイ。「『アンネの日記』っていうタイトル――アンネはこの本に登場する女の子で、ナチスからかくれないといけなかったの」

ナチスなら知ってる。ナチスの強制収容所《きょうせいしゅうようじょ》でドイツ人の少年がユダヤ人の少年と仲よくなる話を読んだことがあった。読んでいてつらくなるばかりだった。

「だれが書いたの？」わたしはきいた。

「アンネ。その女の子よ。つくり話じゃなくて、ほんとうにあった話。いまじゃアンネはすごく有名になってる」

「自分で自分の日記を出版《しゅっぱん》したの？」

「ちがうわ」とメイ。「アンネは死んだの」

わたしはあぜんとした。「じゃあどうして、その人の日記が読めるの？」

「アンネのお父さんが見つけたの。戦争が終わってからね」メイの目に涙《なみだ》がもりあがってきた。「すごくかわいそうなのよ、カリプソ。戦争が終わる直前に死んじゃったの。もしあともうちょっと長く生きていたら……」メイは鼻をくすんといわせて、目をごしごしやった。「でもね、すごくいい本なの。ぜったいおすすめ」

「じゃあ、読んでみる」わたしはすっかりその気になった。それから自分の読んでる本をメイに見せた。「わたしが読んでるのはこれ」

「わっ、『黒馬物語』！　あたし、これ大好き」メイが声をはりあげた。「だけどジンジャーはかわいそう！」

「ジンジャーはどうなるの？」

　メイはあわてて片手《かたて》で口をおさえた。「あっ、ごめん！　いっちゃいけなかった！　まだその場面は読んでなかったんだね」

「その場面って？」

「だめだめ！　いえない！」どうしちゃったのかと思うぐらい、ひどくとりみだしてる。「読んでる本の先をバラされるって、すっごく頭にくるよね。ほんとうにごめん！　お願い、ゆるして！」

「もちろん、ゆるすよ」あまりの勢《いきお》いにちょっとおどろきながら、わたしはいった。それと同時に、ジンジャーにいったいなにが起きるのか、気にもなってきた。この本のせいで、また悪い夢《ゆめ》を見たりしないといいんだけど。

　メイはほっとしたらしく、ため息をついた。

「ああ、よかった。もうこれ以上なにもいわないって約束する」そういうと、口をファスナーでとじるしぐさをしてみせた。それからまたファスナーをあけていう。

「あたしたち、本の好みが同じみたい。きのう、『少女ポリアンナ』を読んでたでしょ？　ポリアンナって、いい名前だと思わない？　プリムラ・ポリアンナサっていう名前のサクラソウがあるでしょう。あの花のイメージがうかんできて、すごくかわいらしい。あたしにも、すてきな名前がついていたらいいのにな。あなたみたいにね、カリプソ。音楽からとった名前なんて、びっくりするほどすてき！」

「えっ」わたしはどう答えていいかわからない。

「だから小枝《こえだ》であなたの名前をつくったの。すごくすてきだから、地面に書いてみたくなって」

「そうなんだ……ありがとう。メイって名前もすてきだよ」やっぱりこういうべきだろう。

「だってほら……夏っぽい。それか、希望を感じる。ドリームズ・メイ・カム・トゥルー(夢《ゆめ》はかなう)っていうじゃない」

メイは大きな目をますます大きくして、わたしをじっと見つめた。「そっか」といって息をはく。「そう考えるとたしかにすてき。好きになれる気がする。ありがとう」

わたしはちょっとはずかしくなって、下をむいた。「あのね、『少女ポリアンナ』は読み終えてないの、ざんねんながら。だって……子牛の脚《あし》のゼリーが夢《ゆめ》に出てきちゃったんだもん」

メイは小さな鼻に、かわいらしくしわをよせた。「名前だけきくとぞっとするよね。赤ちゃん牛の脚《あし》を煮《に》てつくるゼリーだもん。でもお店で売ってるゼリーはみんな、それでつくるって知ってた？」

「うそ」わたしの口があんぐりあいた。「じょうだんでしょ」

「ほんとうだよ。ゼラチンっていうの」

わたしはぞっとした。「あんな本、最初っから読まなきゃよかった」

「やだ、最後まで読まないのはもったいないって」メイがいう。「ラストなんか泣いちゃったんだから！　あっ、でもあたしはどんな本を読んでも、たいていは泣いちゃうんだけどね。あなたもそうじゃない？」

「わたしは、ちがう」

しんとなった。

「そっか、ならあたしだけか」メイはあやふやな笑《え》みをうかべ、そこで会話がぷっつりとだえた。

それからしばらくして、ふたりとも自分の本にもどった。

なんだか胸《むね》がもやもやして、ちょっと不安になった。なにかまずいことをしてしまったような気がする。それがなんなのか、うまく言葉にできないのだけど。

4

家に帰って冷蔵庫《れいぞうこ》をあけておどろいた。パパはまた食べものを買うのをわすれている。入ってるのはチーズのかたまり半分と、賞味期限《きげん》を二日すぎたヨーグルトと、玉ねぎのピクルスのびんづめだけ。パンはカビっぽくなってててだめだけど、緑がかったジャガイモがいくつかある。チーズと玉ねぎとジャガイモって、合うんじゃない？　ジャガイモをゆでて、ぜんぶつぶして混《ま》ぜればいい。たぶん味もいける。

ところがそこで、急にやる気がしぼんだ。頭とかたに重たいものがのっかって、ぎゅーっとおしつぶされている感じ。夕食をどうするかなんてもう考えたくない。校庭でほかの子たちが家の食事についてしゃべっているのを耳にしたことがあった。ローストチキンに、ジャガイモとニンジンと豆とグレービーソースをそえた料理――それも自分ではなにもつくらなくていい。遊んでいたり、テレビを観《み》たりしているうちに、ママかパパが夕食の準《じゅん》備《び》をしてくれる。

「うちはね、食器洗《しょっきあら》い機《き》からお皿をとりだしたり、洗濯機《せんたくき》をまわしたりするのもしなくていいのよ」とスカーレット・キャラハンがいっていた。「ぜんぶママがやるから」だって！

それで思い出した。明日はいていく、くつ下がない。洗濯機《せんたくき》をまわさないといけないけど、重たいからだを引きずって二階まであがって、洗濯物《せんたくもの》を集めてくるなんてムリ。何度いってもパパは洗濯物《せんたくもの》をカゴに入れないから、ゆかに散らばってる洗濯物《せんたくもの》も集めなくちゃいけない。

キッチンのいすに腰《こし》をおろして、テーブルをじっと見つめる。何年もたつうちに表面に傷《きず》がついて、あちこちへこんでいる。ジャムやハチミツがこびりついている部分も二、三か所ある。ふきんを持ってきてテーブルをふくべきなんだろう。そんなのほんの数分で終わる。でもどういうわけだか、足も手もいうことをきかなくて、ふきんに手をのばすことができない。

からだのエンジンがかからない。なんだってこんなに気が重いの？　自分の図書室に行ってみようか。本を読みながら、かすかにただよう油絵の具のにおいをかげば、きっと気も晴れる。それなのに、からだが鉛《なまり》でできてるみたいに動かない。

今日学校でなにがあったんだっけ？　メイとわたし……そういういい方をすると、なんかふしぎな感じがする。メイとわたし……頭のなかで、ふたつの言葉をならべただけでもそう。今日ふたりで話をした。それがぷっつりとぎれた。わたしのせい？　わからない。会話のルールって、むずかしくてうまくいかない。だまっているほうが楽。それか、ひとりでいるか。

そうやって、どれだけ長いことすわっていたのだろう。キッチンの時計がチクタク鳴っていて、冷蔵庫《れいぞうこ》がクシャミをするような音がかすかにきこえるだけで、あとはしんと静まっていた。心のなかがからっぽになったような気がしていた。

それからパパがふらりと入ってきて、照明のスイッチを入れた。わたしは目をぱちくりさせ、一瞬《いっしゅん》わけがわからなかった。いっしょにいてほしいと強く念じたせいで、パパがあらわれたの？

「どうした」パパがびっくりしていう。「暗いなかに、ひとりすわって。だいじょうぶか？」

わたしはくちびるをかんだ。泣きたくなったけど、パパはそういうのをきらう。しゃべれないので、かたをすくめてみせた。

パパがそばにやってきて腰《こし》をおろした。

「なにがつらい。パパに話してみろ」

そこで涙《なみだ》があふれ、くちびるがぷるぷるふるえだした。子どもっぽいことはやめようと思うのだけど、それができない。胸《むね》がかってにひくひく動いて、泣き声を外におしだそうとしている。

パパはぎょっとした顔。手をのばして、わたしのかたをぽんぽんとたたく。

「どうした、カリプソ。ぐあいでも悪いのか?」

しゃべれずに、首を横にふった。

パパはほっとしたようだった。

「そうか、安心したよ。じゃあ、元気を出せ。なにも悲しいことなんて、ないはずだぞ」

パパにだきついて、シャツに顔をうずめてわんわん泣きたかった。でもパパがうでをめいっぱいのばして、わたしのかたをおさえているので、ふたりの距離《きょり》はちぢまらない。わたしが少し前に身をのりだすと、ほんのわずか、パパが身を引き、わたしからはなれた。

たぶん、自分のなかにある強い心を見つけろと、そういいたいんだろう。でもわたしはパパにただぎゅっとだきしめてほしかった。校庭で泣いてる我《わ》が子《こ》をだきしめる、ほかの家のパパやママみたいに。

わたしはいすにすわったまま、身をかたくしてふるえていた。そのあいだも涙《なみだ》はどんどんあふれてきて、パパはわたしのうでをたたいて心配そうにしている。それからわたしは、ちょっと激《はげ》しく泣いてみた。子どもをだきしめるっていう、たったそれだけのことができないパパに頭にきてたから。それからさらに泣いた。強くいられない自分が情《なさ》けなくなって。

しばらくして、わたしが泣きやむと、パパがうなずいた。

「よし、よくがんばった。これで話ができる。お茶でもいれようか？」

「牛乳《ぎゅうにゅう》がない」思わず、きびしい口調になった。

「えっ？　あっ、そうか！」パパが思い出した。「買い物に行くのをわすれた。すまない、カリプソ。シシリー島にあるレモンの森と、そこで行われている画期的な交配実験に関する記事をインターネットで見つけて、それをずっと読んでたんだ」

だからなんだっていうの。そういってやりたかった。行くって約束したのに、買い物に行かなかった。「ちかって、必ず」って、そういったくせに。わたしは自分のなかに強い心を見つけようと一生懸命《いっしょうけんめい》がんばったけれど、どこをさがせばいいのかわからない。

「じゃ、しかたないね」わたしはいった。「けど、夕食になにを食べればいいのかわかんないし、おなかもちょっとへってる」

パパが身をのりだし、わたしにむかってにやっと笑う。

「そりゃあ、ほっとけないな。そういうときこそ、パパの出番だ」そういうと、立ちあがって戸棚《とだな》のあちこちを次々とあけていく。「うーん、ここはほとんどからっぽだ。おっ、パスタがあった！　それから……ふむふむ……」

テーブルの上に、いろんな袋《ふくろ》や箱がおかれていく。どれもこれも中身はからっぽに近い。

「こりゃ、一度てってい的にかたづけをしたほうがいいな」

「どれもほとんど入ってないよ」わたしは大むかしの緑レンズ豆をにらんだ。「賞味期限《きげん》二〇〇六年」と書いてある。

「賞味期限《きげん》は気にしなくていいからな」パパがいう。「それは単なる目安だ。法律《ほうりつ》で義務《ぎむ》づけられているからついているが、数年すぎたところで食品にはなんの問題もない」

「そうはいってもね、パパ。いくらなんでもこれは古すぎ。すてたほうがいいと思う」

「わかった。まあ、そうするのが無難《ぶなん》だな。ほかにはなにがある?」

二年以上賞味期限《きげん》がすぎている袋《ふくろ》やびん(それ以外はとっておくとパパがいってきかなかった)を、ネズミのかじったあとのあるライスクリスピーの袋《ふくろ》といっしょにぜんぶすてると、なんとか食べられそうなものが少し残っただけだった。

「ふーん」パパはうかない顔でそれを見つめる。「これでいったいなにがつくれるかなあ。まあとにかくやってみよう」

パパはフライパンとジャガイモの入った袋《ふくろ》をつかむと鼻歌を歌いだした——もう長いことパパの鼻歌なんてきいてない。わたしはめいった気分がふきとんで、引き出しからキャンドルを一本出してきて、ふちの欠けた小皿に立てて火を灯《とも》した。こういうのを本で読んだことがある。配給制度と空襲《くうしゅう》にたえしのんでいた戦争中に、こういう光景がよく見られたらしい。まるでごっこ遊びをしているみたいで、わたしはなんでも遊びにするのが好きだった。

「ねえパパ」あることを思い出してきいた。「戦争中に日記を書いていて、結局死んじゃった女の子のこと、知ってる? それから数年して父親がその子の日記を出版《しゅっぱん》したの」

「アンネ・フランクだろ」

パパはやかんに水を入れ、ジャガイモの皮むき器をさがしている。

「戦時中、家族といっしょにアムステルダムのオフィスビルの中にある『かくれ家《が》』に住んでいた。二年のあいだそこで暮《く》らしていたんだ」

「外へ出ることはできなかったの？」

「できない。ユダヤ人は通りを歩くのも、買い物をするのも、公共の場に出ていくこともゆるされなかった。見つかれば逮捕《たいほ》される」

わたしはうなずいた。「じゃあ、アンネはほんとうにいたんだね？」

「ああ、そうさ。かくれ家《が》で暮《く》らしてるあいだも、ずっと日記を書いていた。それから一家は密告《みっこく》されて、強制収容所《きょうせいしゅうようじょ》に送られた。アンネはそこで死んだ」

「うわ」そういえば、その本について話すとき、メイは涙《なみだ》をぬぐっていた。いまではその理由がわかる。きっとすごく悲しい話なんだ。わたしが読んだ、あのドイツの少年の話と同じように。

「アンネは本を読むのが好きだったの？」わたしはきいた。

「ああ、大の本好きだった。それに学ぶのもね。ジャーナリストになりたかったんだ」

わたしはうなずいた。そうきくと、自分と同じタイプの女の子だという気がする。次はぜったいその本を読まなくちゃ。

「じゃじゃーん」パパがいって、できあがった料理をテーブルに出す。

わたしの大皿にはなにか、ぼよんとしたものがのっかっていて、ところどころに黄色とピンクのつぶつぶが混《ま》じっている。

「これ、なに?」おそるおそるきいた。

「びっくりポテト!」そういって、にっこり笑う。

わたしも笑いかえす。うれしそうなパパを見るとこっちも気分がいい。それに料理も、いざ食べはじめると、実際《じっさい》そんなにまずくはなかった。ところどころ、ぐにゃっとしたり、さくっとしたり、口あたりがちがう。たぶんチーズとジャガイモと、それにトマトも少し入っている。熱々で食べごたえもあって、結局ぜんぶ食べた。

「パパ、ありがとう。これ、めちゃくちゃ、おいしい」

「大変おいしいです」パパが正す。

「これで夕食は終わり?」

パパが笑う。「すまない。戸棚《とだな》はからっぽだ。明日こそ、必ず買い出しに行ってくるよ」

わたしはパパに疑《うたが》いの目をむけた。

「ぜったい行くよ！　雑誌《ざっし》の校正が今日終わったから、朝いちばんに出かけてくる。買い物リストをつくってくれないかな。買いわすれがないようにね」

そこでなにやら意味ありげな目でわたしを見る。興奮《こうふん》をかくしきれないといった感じ。

「それと……これはまだ、いうつもりはなかったんだが……原稿《げんこう》を出版社《しゅっぱんしゃ》に送る準備《じゅんび》を始めたよ！」

「あの歴史の本？」これはびっくり。「完成したの？」

パパはうなずいた。「ああ。まだ推敲《すいこう》が必要だし、当然ながら、この先さらに新しい科学的な発見が生まれて、レモンの栽培《さいばい》方法にもその影響《えいきょう》が出てくるだろうが、いまこそ潮《しお》どきだと思ってね」

「やったね、パパ！」わたしは思わず立ちあがってパパにだきついた。

パパはかすかにびくっとして、それからわたしの背中《せなか》をぽんぽんと軽くたたいた。まるでうでをどこにやったらいいのか、わからないみたいに。

「すごいよ、よかったね！」

パパはそうっと、わたしをおしのけていった。

「ああ、自分でも非常《ひじょう》に満足している」とパパ。

いつものパパとは大ちがい。こんなによく笑うなんて。いまの顔を写真にとって見せられても、「これ、だれ？」ときいてしまうだろう。もしかしたら、ママが亡《な》くなる前は、パパももっと笑っていたのかもしれない。ただわたしには、そういうパパがなかなか思い出せなかった。

5

次の日、図工の授業《じゅぎょう》でメイといっしょになった。

「うちのパパが書いた本が、じきに出版《しゅっぱん》されるんだ」いったあとで、はっと息をすった。自分の言葉に自分でおどろいている。どうしてメイにいってしまったんだろう？

メイの絵筆がパレットと紙のあいだでとまった。心からびっくりしているようす。

「ほんとうに？　どんな本？」

「むずかしそうな歴史の本」わたしはいった。顔が少し赤くなったのが自分でもわかる。

「レモンの歴史っていうタイトル」

「レモン?」メイがきょとんとした顔できく。「どのレモン?」

「どのって、レモンはレモン。レモンの歴史をたどっていくの。どこで生まれて、どのようにつかわれてきたか、なんてこともふくめて」

「うわ。すごいぶあつい本になりそう」メイが絵筆をパレットの上においた。

「そう。もう何年も前から書いてるの」

メイがうなずいた。「それってほんとうにすごいことだよ。自分の名前が本の表紙にのっちゃうんだから」

「そうだよね」

「あたしも大きくなったら本を出したいと思ってるんだ」メイがいった。

「わたしも」思わず口からぽろっと出た。

これまでだれにもいったことがなかった。わたしたちはおたがいの顔をじっと見つめる。目に見えない野望で結ばれたふたり。

メイの顔がいつのまにか真剣《しんけん》になっていた。さっきまでと目つきがちがう。なにかぴんときたって感じ。
「あなたとは気が合うって、わかってた」メイがささやくようにいった。
わたしは息をすってから、それをすごくゆっくりはきだした。
「それ、赤毛のアンでしょ。読んだんだね」
「もちろんよ。あたしたち、アンとダイアナみたい」
「わたしはアンがいい」すかさずいった。
「うん、そうだね」とメイ。
「カリプソは赤毛で、本を山ほど読んでるし。
あたしは髪《かみ》が黒くて、すぐ泣いちゃうから、ダイアナかな」
ふいにメイが歯を見せて笑い、まるで雲のあいだから太陽が顔を出したみたいだった。
わたしたちは友だちになった。ごくごく自然に。

6

いつでもふたりならんですわるのが、あたりまえのことになった。休み時間もいっしょに校庭に出て、それぞれに本を持って静かな場所にすわる。雨がふっているときには学校の図書室に。司書のシモンズ先生は、むかしからわたしのことを知っていて、ほんとうはお昼休みに図書室に入ってはいけないのに、三年生のときからだまって入れてくれている。最近はメイといっしょに入っていくと、シモンズ先生がわたしにむかってにやりとし、それからよしよしというようにうなずく。まるでなにかわたしたちの知らない秘密《ひみつ》を知っているみたいに。

メイが自分の持っている『アンネの日記』をわたしに貸《か》してくれた。一度読みだしたら、とまらない。しばらくは食べたり飲んだりもほとんどわすれて、ひたすら読みつづけた。勇気があったら授業《じゅぎょう》もサボっていたかも。読み終えたときには泣きそうになっていた。のどの奥《おく》がかっと熱くなって、むずがゆい感じがしたけど、それをごくりと飲みくだした。アンネには強い心がある――それもものすごく強い心が。もうずっとむかしに死んでるんだから、これを読んでわたしが泣いてもしかたない。それよりは、アンネのようにもっと多くのことを学ぶべきだろう。

アンネには野心と夢《ゆめ》があった――それもものすごくたくさんの。作家になりたいと思ったから、文章を書く練習のために日記をつけだした。人生でやりたいことは山ほどあったのに――それをするチャンスがなかった。

もし自分が、作家になる前に死んだらどうする？

メイといっしょにこの問題を真剣《しんけん》に考えた。

「いまから書きはじめるべきよ」メイがいう。「そうすれば、若《わか》くして死んでも、それをのちの世に残すことができる。アンネみたいに」

「じつは」わたしはおそるおそるいう。「もういくつか、お話を書いてるんだ」

メイの目がかがやいた。「すごいじゃない！　あたしに読ませてもらえる？」

次の日、ひとつをメイに読ませた。大きな核戦争《かくせんそう》を生きのびた、ある女の子とその仲間たちの話。みんなで新しい社会をつくるために、法律《ほうりつ》を決めたり、食料となるものを殺して食べる方法を発見したり、そのほかにもいろんなことをする。ノートに書いてあって、ぜんぶで五十三ページ。メイにわたすとき、汗《あせ》で手からすべり落ちそうな感じがした。気に入ってもらえなかったら、どうしよう？　それでもまだ友だちでいられる？

お昼休みのときにメイがそれを読んだ。書かれている文字から目をかたときもはなさず、ページを黙々《もくもく》とめくっていく。わたしはメイが読んでいるようすを見ながら、どう思っているのか必死にさぐろうとする。メイがにやっとしたり、話に出てくるなにかにおどろいて目を大きく見ひらいたりするたびに、心臓《しんぞう》がとびはねる感じがした。それから、もう見ないようにしようと決めた。わたしだって本を読んでいるところを人に見られるのはいやだったから。それでも、そろそろ終わりに近づいてるかな、なんて思いながら、何度も何度も見てしまう。

とうとうメイがノートをとじ、ため息をついた。それからこっちを見て、顔をくしゃくしゃにして笑った。ほっとして全身から力がぬける。

「おもしろかったよ」とメイ。「スリル満点。ウサギを殺さなくちゃいけない場面なんて、背《せ》すじがふるえたよ！　結末もかんぺき。だけどそのあとどうなったか知りたいな。つづきは書かないの？」

すぐには言葉が出てこなかった。

「書こうとは思ってたの。でもまたべつの話がうかんできたんで、そっちを書きだしちゃった」

「そうか、でもこのお話はぜったいシリーズにするべきだと思う」そういったあとで、メイがなにかとつぜん思いついた。

「そうだ、いっしょに書けばいい！　次に彼《かれ》らになにができるか、思いついたことがいっぱいあるの！」そこで一度口をつぐんだ。「でも……これはあなたのつくったお話だから……あたしによけいなこと、されたくないかもしれない」

これまでにだれかといっしょにお話を書いたことなんか一度もない。でもいっしょに書くなら、相手はメイ。当然だ。わたしはメイに笑い返し、それで話はついた。

メイが真新しいA4のノートを持ってきてくれて、それから数週間、ランチの時間になるといつもいっしょにすわって、新たな章を書きだした。わたしのほうが字はきれいなので、書くのを担当《たんとう》。メイはすわって目をとじ、思いついたことを口に出していう。

「知らない人間と出くわしたとき、彼女《かのじょ》はひどく緊張《きんちょう》しておびえた。過去《かこ》にひどい人間と会ったことを思い出すからだ」

わたしはにやっとした。うまい。メイの文章がきっかけとなって、わたしの頭のなかにも新しいアイディアがうかんでくる。いっしょに力を合わせて、次々と新しいアイディアをもりこんで、細かい筋立《すじだ》てを話しあう。わたしは町の図書館から『小説の書き方』という本を借りてきて、むさぼるように読んだ。

「これ、出版《しゅっぱん》できるよ」とメイ。

「まさか。ちゃんとした小説を書くには、何年も修業《しゅぎょう》しなきゃいけないんだから」

ところがメイは待ちきれない。次の日、やる気まんまんの顔で登校してきた。

「インターネットで出版《しゅっぱん》しよう！　読みたい人はお金をはらう。ちゃんとお金がもらえるの！」

それはそそられる。お金があったらうれしい。うちにはあんまりないけれど、もしお金があったら買いたいものがいろいろあった。

「でもやり方がわからない」とわたし。

「あたしにまかせて」自信たっぷりにメイがいう。「きのうの夜、パソコンで、あるフォーラムをのぞいてみたの」

パパの書斎《しょさい》にもパソコンがあったけど、電源《でんげん》が入ることはめったにない。あれをわたしがつかえたらいいんだけど、パパがいつもいるからだめだ。でももしお金があったら、自分のパソコンが買える。

「よし、やろう」わたしはいった。

7

「明日、学校の帰りにメイのうちによっていい？」わたしはパパにきいた。

原稿《げんこう》に目をむけたまま、パパはまゆをよせた。「メイって、だれだ？」

「新しい友だち。でももう新しくないけど」

「どうしてその子の家に行きたいんだ？」パパは指をなめてページをめくり、文章に目を走らせている。「あったあった――これが参考資料《しりょう》か」

メイのことをどういえばいいのかわからない。「メイは親友なの」

これにはパパも顔をあげた。「親友？　親友がいるっていうのか？」

ユニコーンがいるっていうのか？　ほとんどそういう口調だった。

「うん。本が好きなんだ。いっしょに小説を書いてるの」

パパはわたしの顔をまじまじと見ている。なにをいっているのか、ちんぷんかんぷんだというように。それからにこっと笑った。「なるほど、それはよかった」

わたしは知らないあいだに息をつめていた。「じゃあ、行っていいの？」

パパがこくりとうなずく。「ああ、もちろん」

うれしくて舞《ま》いあがりそうになった。

8

メイの家は二軒《けん》で一棟《とう》になった家の片側《かたがわ》で、小さな前庭《まえにわ》が道路に面している。小さな花だんには、ピンクや赤の花が植わっていて、敷石《しきいし》をならべた小道が玄関《げんかん》へとつづいている。家に入るとくつをぬぐようになっていて、それがわたしにはふしぎな感じがした。もし自分の家でくつをぬいだりしようものなら、足がこおってしまうから。でもここにはやわらかなカーペットがしいてあって、すきま風もまったくふきこまない。

この日はメイのママが車で学校にむかえにきてくれた。ぴかぴかの清潔《せいけつ》な車で、エンジンをかけても、おかしな音はしない。わたしはメイとメイの弟のクリストファーにはさまれて、うしろの座席《ざせき》にすわった。クリストファーは八歳《さい》で、鼻をほじくらなければ、まあオーケイ。つまり「いい子」だってこと。

「ふたりとも、学校はどうだったの?」とメイのママがいい、バックミラーにむかってにっこりする。背《せ》は高くも低くもなく、やさしそうな丸顔で、髪《かみ》はのばしっぱなしで、よく笑う。いかにもママっていう感じの、あったかくて気さくな人で、わたしは胸《むね》の奥《おく》がきゅんと痛《いた》くなる。笑《え》みを返すだけでせいいっぱいだ。

玄関《げんかん》からなかに入ったとたん、「自分の部屋に行くから」とメイがママにいったので、わたしもあとについて二階へあがった。

メイの部屋はごったまぜという感じだった。かべの一面は美しいもようになっていて、かべ紙を粘着《ねんちゃく》テープでとめているようだった。べつのかべは白地にメイが大きな黒い長方形をいくつか描《か》いていた。そのひとつには、青や緑のフェルトペンでもようがぎっしり描《か》かれている。まだわずかしか完成してない長方形もあった。タンスがひとつと、引き出しがずらりとならんだチェストがひとつ。ベッドにはデージーもようのうすい緑色のカバーがかかっている。ゆかのほとんどは、緑色のだ円形をした大きな敷物《しきもの》におおわれていて、その敷物《しきもの》にも小さな白いデージーの小花もようがついている。まるで森のなかにある画廊《がろう》みたいな部屋だった。

そしてもちろん、本がたくさんある。本棚《ほんだな》の各段《かくだん》に、奥《おく》と手前、二列ずつ本がならんでいて、ゆかにも滝《たき》のようにあふれだしている。その光景を見ただけで、たちまちくつろいだ気分になった。

「あ、『ワンダー』がある！」わたしは歓声《かんせい》をあげて本を引っぱりだした。「これ、まだ読んでないんだ！」

「貸《か》してあげる」メイがいって、ベッドわきの引き出しに手を入れて、なかからノートパソコンをとりだした。つやつやしたシルバーのかっこいいもので、わたしは目を丸くした。まさかメイが自分のパソコンを持ってるなんて。家族でつかってるのが一台あるのだとばかり思っていた。いったいどれだけの人がわたしたちの小説を買ってくれたら、こういうのを一台買えるんだろう？

「好きなのを借りてっていいよ」メイがわたしにうなずいて、パソコンが立ちあがるのを待つ。

わたしは本棚《ほんだな》の前に四つんばいになり、一冊《さつ》も見落とすまいと、真剣《しんけん》にタイトルを見ていく。この棚《たな》には、ジャクリーン・ウィルソンの本がならんでる。それから、ルイーズ・レニソン、セリア・リーズ、ヒラリー・マッカイ、リンダ・ニューベリー。マーメイドの話や、魔法《まほう》の力を持った女の子たちの話、問題を起こす男の子たちの話なんかがある。わたしは『穴《あな》』、『エミリーのしっぽ』、『ウソつきとスパイ』、『ピアの休暇《きゅうか》の本（未邦訳《みほうやく》）』を引っぱりだした。わたしの本の趣味《しゅみ》ととてもにているとわかって、全身がかっと熱くなった。わたしは人生の時間のほとんどを物語を読むのについやしてきた。現実《げんじつ》の世界より想像《そうぞう》の世界のほうが好き。そんな人間は自分だけだと思っていたのに。

上下さかさまに入っているのはスーザン・クーパーの本だった。

「これ、『闇《やみ》の戦い』の一冊《さつ》だよね。このシリーズ大好きなんだ」

「おもしろかったよ」メイがいう。「でもぜんぜん泣かなかった」

わたしは心のなかでにやっとした。これを読んでメイが泣かないなんてありえない。洪《こう》水《ずい》のように涙《なみだ》を流したにちがいない。

「よし、オーケイ」ベッドにすわっているメイが、自分のとなりをぽんぽんとたたく。

「こっちへきて、いっしょに見よう」

それからの一時間、どうすればインターネットで本を出版《しゅっぱん》できるのか、ふたりでインターネット上の情報《じょうほう》を片《かた》っぱしから読みふけった。

「ね？ 電子書籍《しょせき》にすれば、ちゃんとお店で売ることができるんだよ」メイがいう。「あたし、銀行口座《こうざ》も持ってるんだ。それか、あたしたちで新しくつくってもいい」

ネット上にはたくさんのアドバイスがあったけど、あまりの情報《じょうほう》の多さに、しまいに頭がくらくらしてきた。それでメイが、下へおりて新鮮《しんせん》な空気をすおうと提案《ていあん》した。

ダイニングルームにはメイのママがいた。つやつやした布地《ぬのじ》をテーブルに広げ、つぼに入ったまち針《ばり》をつまんでは、布《ぬの》と布《ぬの》を慎重《しんちょう》にとめている。

「すごい、きれい」わたしは目をみはった。布《ぬの》はうすい緑色で、独特《どくとく》のつやがあるので、角度によっては金色にも見え、全体にむらさき色の小花がししゅうされている。

「それでなにをつくるんですか？」

「新しいスカートをつくろうと思って」メイのママが背《せ》を起こして腰《こし》をさする。「きれいでしょ?」

「うっとりします」さわってみたかったけど、そんな勇気はない。手も洗《あら》っていなかった。かわりに緑と金色の波を心ゆくまでながめた。見ていたら、ママの描《か》いた絵を思い出した。いまは家のろうかにかけてあって、うす暗いからよく見えない。夕焼けの絵で、野の花と緑の草が、夕陽《ゆうひ》をあびて金色に変わっていく。のどに熱いものがこみあげてきて、あわててそれを飲みこんだ。

よかった、メイは気づいていない。「さあ、外に出よう」メイがいった。

わたしはダイニングのテーブルになごりおしそうに目をやりながら、メイのあとについていく。「メイのママ、超《ちょう》すごい。いつもああやって服をつくってるの?」

超《ちょう》という言葉をつかったあとでしまったと思った。パパがきらいな言葉だから。でもメイはなにもいわなかった。

「うん、そうなの」とメイ。「むかしは、あたしとクリストファーの服をいやっていうほどつくってた。いまはそうでもないけど」

「えっ、どうしていやなの?」

あんなきれいな布《ぬの》でスカートをつくってもらえたら、わたしだったら、うれしすぎて死んでしまうかも。

メイがかたをすくめる。

「ママ手作りの服なんて、ちょっとはずかしい。お店で買ったほうがいいでしょ？」

そんなことない。そう思ったけどいわなかった。店で買ったものなんてどれも同じ。世界でたったひとつのものを手作りして、自分のものにするというのが、わたしは好きだった。だれにも書けない小説や、だれにも描《か》けない絵のように。

クリストファーが虫めがねと大きなプラスチックの容器を持って庭に出ている。指がどろだらけだ。

「あんた、なにやってんの？」メイがきいた。

「ミミズ箱」顔もあげずにクリストファーがいう。

「なによ、それ？」

「ミミズを飼育《しいく》するつもりじゃないかな」

あちこち土をひっかいているクリストファーを見ながら、わたしが教えた。

「うちのパパが、サステイナビリティっていって、環境《かんきょう》を破壊《はかい》せずに資源《しげん》を利用しつづけ

ることについて書かれた本を校正してたの。食べ物も自力で手に入れようっていうんで、バターを自分でつくったりする方法なんかがのってた。ミミズ箱っていうのは、コンポストボックスと同じで堆肥《たいひ》をつくるものだけど、ミミズに生ゴミを分解《ぶんかい》してもらうの——コンポストボックスよりずっと速くね」

メイは小さな鼻にしわをよせた。「げっ。まさかそれ、家のなかに持ちこむんじゃないでしょうね？　ママがかんかんになって怒《おこ》るよ」

「だいじょうぶさ」クリストファーは花のあいだに手をつっこんで、ミミズのはしっこを持ってつまみあげた。

「素手《すで》で持っちゃだめ」わたしはクリストファーに教えた。「人間の肌《はだ》は酸性《さんせい》が強いから——ミミズが傷《きず》つくの」

「うそいうな」クリストファーがいって、ミミズを容器《ようき》に入れる。「それに、そんなに長いことさわってないもん」

「うそじゃない、ほんとうの話」わたしはいった。「それに、そういうミミズじゃだめだと思う」

クリストファーがふりかえってわたしをにらんだ。「どうしてだよ？」

わたしはちょっとあせった。パパがその本を校正してたのはもうずっと前で――あれから少なくとも半年はたってる――だからあんまりよく覚えてない。「それ用の特別なミミズじゃないといけないの。お店で買わないと」

クリストファーがふんと鼻を鳴らして、またそっぽをむいた。「これでいいんだ。ミミズなんてやることはみんな同じだよ。片《かた》いっぽうから食べて、反対のはしから土を出すんだから」

それはまちがいだったけれど、わたしにはクリストファーを言い負かす自信がなかった。クリストファーは事実が書かれた本しか興味《きょうみ》がないってメイがいっていた。そういう子を相手にどうやって説得すればいい？

「気持ち悪い」メイがいって顔をそむけた。「行こう、カリプソ、なにかほかのことをしよう。ミミズなんてぞっとする」

メイの家の庭にはリンゴの木が一本あって、ロープでつくったブランコがさがっている。乗ってみようとしたけど、何度やっても落っこちてしまう。そうしているうちに、庭のつきあたりに、なかばしげみにうもれるように、なにかがあるのを見つけた。

「あれ、子ども用の家？」わたしは息をのんだ。

「ああ――そう」メイがいう。「草ぼうぼうになってるし、実際《じっさい》にはつかえないよ」

「つかわないの？」信じられなかった。メイは自分の家を持ってる！　小さいころ、森のなかに秘密基地《ひみつきち》を持っている女の子とその友だちの話を読んだことがあった。ぼろぼろになって、いまにもたおれそうな小屋だったけど、そこは自分たちだけの場所だった。それと、ツリーハウスに暮《く》らしてる男の子の話。ベリーや木の根っこを食べて、リスを一匹《ぴき》ペットにしていたっけ。わたしにもツリーハウスをつくってほしいって、パパにねだったことがあるけど、作り方を知らないといわれてしまった。それから何か月も、庭に自分だけの家がほしいと夢《ゆめ》見ていた――それなのにメイは、実際《じっさい》に持っているのにつかわないなんて！

わたしは走っていって、小さなドアをおしあけた。なかは真四角で、すごく広い――外から見て想像《そうぞう》した以上に広かった。やぶがおいしげって窓《まど》をおおっているので、なかはすごく暗い。でもなかに入ってすわるスペースはあって、わたしと同じぐらいの子どもなら、あと三人か四人は入れる。

「すわっちゃだめ」メイがいう。「しめってるでしょ」

もう遅《おそ》い。このスカート、洗《あら》ってかわかさないと、明日学校に着ていく服がない。家に着いたらわすれずにやらなくちゃいけない。

「そっか」ちょっとがっかりしていった。「ここには敷物《しきもの》が必要だね」

「敷物《しきもの》もしめっちゃうわ。こんなにじとじとしてるんだから」

「直せないかな？」わたしはいった。「ここで小説を書けたらすごいよ！」

頭のなかに花火が打ちあがったように、イメージが豊《ゆた》かに広がった。クッション、カーテン、ランプ、ノート。わたしとメイがペンや鉛筆《えんぴつ》を手にいっしょにすわって、あれこれ話しあって構想《こうそう》を練りながら、何時間もかけて小説を書き進めている場面がうかぶ。

「暗すぎるって」とメイ。「まわりの草や木、あたしたちの手でかりとれるかな？　そうしたら光が入ってくるわ」

「どうしてもっと早くにやらなかったの？」

わたしはいますぐにでもとりかかりたくて、うずうずしてきた。

「わたしだったら、新しい場所に越《こ》してきて、こんな小屋が庭にあるってわかったら、真っ先にそうしてるよ！」

メイはかたをすくめた。

「クリストファーは興味《きょうみ》ないし、あたしひとりで遊んでも楽しくないし」

わたしは小さなため息をもらした。自分はずっとひとりで遊んできた。いっしょに遊ぶきょうだいはいない。わたしが生まれたあと、パパとママは、もう子どもはいらないって思った。「かんぺきな三人家族」みたいなことをママはよくいってたけど、あれは幸せな意味でいったのか、悲しい意味でいったのか。どっちだったんだろうといまになって思う。もうママの声も思い出せなかった――もしわたしに弟や妹がいたら、そういうことを話せたのに……。まだ小さいとき、どうしてわたしはひとりっ子なのって、たずねたことがあった。でもパパはかたをすくめて、そういうもんなんだよといっただけ。でもいま、わたしにはメイがいる。姉妹ができたみたいにうれしい。

「いっしょにやろうよ」わたしはいった。「がらりと変身させるの」

メイがにやっと笑う。「いいわねえ。カーテンはママがつくってくれると思う。それにパパなら、ゆかがしめらない方法を見つけてくれるんじゃないかな」

「こんな家なら、わたしの図書室と交換《こうかん》したっていい」わたしはいった。

むきだしのかべを見まわしながら、胸《むね》に興奮《こうふん》がわきあがる。目の前に映像《えいぞう》がおどりだした――ゆらめくキャンドルの光、大きさも色もさまざまな本棚《ほんだな》、窓《まど》にはビーズを糸に通したものをかざって……それはもう世界一すばらしい場所になる。まさに秘密基地《ひみつきち》。わたしと、わたしが招《まね》く相手だけが入れる秘密《ひみつ》の場所。

「図書室があるの？」メイが目を大きく見ひらいた。

「うん、ふたつ」誇《ほこ》らしげにいう。「パパのがひとつと、わたしのがひとつ。あいている部屋に本をおいてるんだ」

もとはママのアトリエだった部屋。一瞬《いっしゅん》、メイのママのにこやかでやさしそうな顔が目にうかび、胸《むね》がきゅんとした。つらくて？　それともうらやましくて？

図書室だってあげるし——子ども用の家だっていらない——もしママをとりもどせるなら。

メイが口をぽかんとあけた。

「ひと部屋丸ごと、自分の本をおくのにつかってるの？　見てみたい」信じられないという口調。「いつか、遊びに行ってもいい？」

「えっ、それは……」

自分の家に人を招《まね》いたことなんか、これまで一度もない。そうしたいと思ったことも。

パパはなんていうだろう？　一瞬《いっしゅん》どう答えていいかわからなかった。ところが次の瞬間《しゅんかん》、なんだか力がわいてきた。わたしには親友がいる！　それで安心するのは弱いからじゃない。親友がいるのはすばらしいってこと！

「もちろん」わたしは自信たっぷりにいった。「いつでも好きなときにきて」

「メイ！　カリプソ！」メイのママが裏口《うらぐち》からよんだ。わたしは小屋から出て、メイといっしょに草むらをつっきって家のほうへもどった。「そろそろおうちに送っていかないといけないわね、カリプソ？」

「ねえママ、カリプソと夕食をいっしょに食べてもいいでしょ？」

それをきいたとたん、ほとんど夢見心地《ゆめみごこち》になって、おなかがグーと鳴った。この家では夕食に豆をのせたトーストなんてまず食べないだろう。

メイのママがわたしの顔を見る。

「どうかしら。ねえ、カリプソ。お父さまはゆるしてくださる？　五時にはおうちに帰るって約束じゃなかった？」

でも家に帰れば、夕食は自分でつくらなくちゃいけない。たった一回でも、つくってもらった料理を食べられたら、どんなにいいか……。

「いいえ、パパはそういうの気にしないんです」なにげない感じでいった。「仕事してるから」

メイのママがいう。「あなたがだいじょうぶだっていうんなら、夕食を食べていってもらえるのはうれしいわ。ただお父さまに電話はかけなくちゃね。断《ことわ》りなしにっていうのはまずいでしょ」

パパは仕事をじゃまされるのが大きらいだ。それにもしだめだといわれたら？　約束どおり五時に帰ってこなきゃだめだっていわれたら？

反抗心《はんこうしん》がわきおこってきた。

「ぜんぜんオーケイです」わざとパパのきらいな言葉をつかって、その味わいを楽しむ。

「いそがしくしてると思うし。たいてい夕食の時間が終わるまで顔を合わせないんです」

メイのママはふしぎそうな顔をしたけど、なにかいう前に、クリストファーがこちらにむかって歩いてきて、くつひもに足をひっかけて転んだ。容器《ようき》いっぱいに入ったミミズが、草の上やママの足の上にうじゃうじゃと散らばった。

メイのママが金切り声をあげた。

「クリストファー！」

わたしの胸《むね》に自然と笑いがこみあげてきた。ミミズで気をそらしてくれて助かった！　そう思って笑いたいのを必死にこらえる。だってメイのママは怒《おこ》っているのに、そこでわたしが笑ったら、こっちまでにらまれて、結局家に送り返されることになるから。

「わわっ！」クリストファーは必死になってミミズを集めようとしている。

こっけいな光景に、わたしはぎゅっと口を結んでたえる。

「お姉ちゃん、手伝ってよ」

「じょうだんでしょ！」メイがぞっとした顔でいう。「行こう、カリプソ。あたしの部屋で秘密基地《ひみつきち》の改造《かいぞう》計画を練ろう」

メイに引っぱっていかれながら、わたしはもう一度うしろをふりかえった。手のひらいっぱいにつかんだミミズをバケツに入れようとしているクリストファー。それをママがどなりながら、くつにのっかったミミズをはらい落としている。クリストファーがわたしから気をそらしてくれて、ほんとうによかった。ミミズでこんなに笑えるなんて。まるでまんがみたいだった。このおもしろい瞬間《しゅんかん》を永遠《えいえん》にとっておけたらいいのに。わたしは笑うのが好き。もし弟がいたら、家でももっと笑っているのかな？

9

メイとふたりでそれから三十分ほどかけて、小屋の改造《かいぞう》計画について話しあった。楽しいひとときで、時間をわすれて夢中《むちゅう》になった。本を読んでいるときと同じ。でもこれは自分の頭のなかだけで、ひとりでやるものじゃない。なぜみんながこぞって親友をつくるのか、わたしにもだんだんにわかってきた。メイがなにか思いつくと、わたしは笑顔になる。すばらしいアイディアだったし、自分ひとりじゃとても思いつかないってわかってるから。メイがなにか提案《ていあん》するたびに、わたしの頭のなかでもアイディアがぱっとうかんで、ふたりでそれを大きくふくらませていく。これはもうほんとうに楽しい。なにかを生みだすとき、人といっしょにやると、ひとりのときの二倍楽しい。この昼下がりが永遠《えいえん》につづけばいいのに。

夕食にはビーフストロガノフが出た。初めて食べる料理。熱々のとろとろでとってもおいしい。これ以上においしいものがこの世にあるだろうかと、思えるほどだった。

メイのママがにっこり笑う。「おなかがすいてたのね」

「はい」わたしは自分の皿に目を落とす。お米ひとつぶさえ残さずに完食。おなべにはまだ残っているとわかっていた。実際《じっさい》に見たから。でもメイのママはおかわりをどうぞとはいわなかった。そのかわりに、大きなチョコレートムースを出してきた。デザートだ！

「うちじゃデザートは食べないんです」わたしは大喜びで、スプーンにすくったムースを口に入れた。極上《ごくじょう》の味。

「あたしはデザートが大好き」とメイ。「糖蜜《とうみつ》タルトもおいしいの。それにアップルパイ。アイスクリーム」

最後に家でこういうものを食べたのがいつだったか、思い出せない。

「ぼくはクランブル」クリストファーがムースをほおばった口でいう。まだつめが土で茶色くなっている。ママにいわれて三回も洗《あら》ったっていうのに。結局ミミズは花だんにもどすことになって、夕食の時間の半分をクリストファーは不平を鳴らすのについやした。こんなのフェアじゃないって。それがおかしくて、わたしはまた笑いだしたくなった。

「ねえ、カリプソ、あなたの家では夕食にどんな料理が出てくるのかしら?」メイのママが軽い口調で、気さくにたずねてきた。

「ええっと、いろいろです」わたしはいった。心温まるすてきな家のなかで、おいしい料理を食べていると、自分の家のことがはずかしくなる。いつも自分で料理して、たいていはトーストに豆をのせたものを食べているとはいえなかった。

「あなたのお母さまは料理がお得意？」メイのママがいう。

わたしはデザートボウルの底をスプーンでつっつく。

「うちのママは死にました」顔をあげずにいった。

メイが息をのんだ。「えっ？　知らなかった！」

沈黙《ちんもく》が広がった。わたしは顔をあげなくていいように、ボウルの底をずっとつっついている。みんなきっと、ちらちら目を見かわしているんだろう。どうしよう、なんていえばいいのって感じで。

「お気の毒に」しばらくしてメイのママがいった。「亡《な》くなられたのは最近？」

「いいえ。数年前。わたしが五歳《さい》のときです」

もうムースは食べ終えてしまったけれど、わたしは顔をあげたくないので、ボウルの底に残った小さなかすをつっついている。

「知らなかったから」メイが申《もう》し訳《わけ》なさそうに小声でいい、それはわたしにというより、ママにいっているような感じがした。

わたしはなんといっていいかわからない。ほかになにをいうことがあるだろう？　視界《しかい》がせばまって、両手に包《つつ》んだ白い陶器《とうき》のボウルしか見えなくなった。そのまわりは真《ま》っ暗《くら》闇《やみ》だ。

そこでクリストファーが大きなゲップをし、闇《やみ》がさっと消えた。

「なんだよ？」とクリストファー。

「お行儀《ぎょうぎ》が悪すぎます」ママがぴしゃりといった。

クリストファーは言《い》い訳《わけ》する。「かってに出てくるんだからしょうがない」

「そんなことはありません。出そうになったらわかるはずでしょ。口をおさえておいて、それでも出ちゃったら、あやまるの」

「ほんとうに、わかんなかったんだ！」

みんなの注意がわたしからそれたので、ほっとしたものの、それからすぐ心配になった。クリストファーがひとことママにあやまって、口ごたえなんかせずにだまっていればいいのに。でもクリストファーはどんどん興奮《こうふん》して、ママの声もかん高くなる。

「クリストファー、これはマナーの問題よ。まったくどんどんお行儀《ぎょうぎ》が悪くなって」

「そんなことない！」

「ママに口ごたえはよしなさい！」

わたしはテーブルの下で両手をこぶしににぎりながら、からだのなかを冷たいものが流れていくのを感じている。どっちもとげとげしい声で、憎《にく》みあっているかのようだった。

「あたし、かたづけようか？」メイがいう。もううんざりだという声。立ちあがってテーブルをかたづけはじめた。

「わたしも手伝う」あわてて手を出したので、あやうく水差しをたおしそうになった。だんだんに口論《こうろん》はおさまっていき、わたしは心からほっとした。クリストファーはこそこそといいなくなった。

すべてかたづくと、なにからなにまでおいしかったと、わたしはお礼をいった。それじゃあ送っていきましょうとメイのママがいう。

「クリストファー！　出てらっしゃい！　これから車でカリプソを送っていくわよ」

びっくりしたことに、クリストファーはすっかりきげんを直し、明るい顔であらわれた。手にパズルのおもちゃみたいなものを持っている。

「解《と》けたんだよ」クリストファーはわたしたちにいって、スニーカーをはく。「ふつうなら三十分はかかるのに、ぼくは十分。やっぱ天才だよね」

ママが声をあげて笑った。「だといいけど！」

わたしはあぜんとした。どうしてこんなに早く仲直り？　まだおたがい怒《おこ》っているはずじゃないの？　けんかごしで言葉を投げあい、あれだけ激《はげ》しくやりあったのに——どうなってるの？　車の座席《ざせき》にからだを落ち着けるなり、力がぬけてぐったりしてしまった。暮《く》れていく町を走る車のなか、家へ着くまでの短い時間、わたしはだれがなにを話そうとほとんどきいていなかった。パパとわたしのあいだでは、まず口論《こうろん》にはならない。わたしがパパに怒《おこ》っても、パパはなにも言いかえしてこない。ただだまりこんでしまうので、わたしはかみなり雲のように黒い心をかかえたまま、自分の部屋に行く。それから気分が晴れるまで、何時間もかかるときがあった。ほんのわずかなあいだに、怒《いか》りをおさめて陽気になるなんてとてもできない。

「ここでいいのかしら、カリプソ？」メイのママがきいた。

窓《まど》のむこうに自分の家が見えた。道路からひっこんだところにひっそり建っていて、育ちすぎた木々とやぶに囲まれている。小さな鉄の門はちょうつがいの部分がばかになっていて、もうきちんとしまらない。暗くて、だれからも愛されない不幸な家という感じで、さっきまで自分がいた、心ぬくもる、いごこちのいい家とは正反対だった。生まれて初めて、自分の家に帰るのがおっくうに思えた。

「これがカリプソの家?」メイが窓《まど》から身をのりだしていう。「まるで、『すばらしいミスター・ブランデン』に出てくるお屋敷《やしき》みたい」

「なに、それ?」

「むかしの幽霊《ゆうれい》話。そうだ、幽霊《ゆうれい》は出る?」

「出ない」わたしはぴしゃりといって、シートベルトをはずした。「うちには、そんなの出ない」

メイがうかない顔になった。「ざんねん」

「わたしがついていくわ」メイのママがいって、エンジンを切ってシートベルトをはずした。

「いえ――だいじょうぶですから」

すばやく車をおりて、かばんを持って舗道《ほどう》に立った。家のなかを見られたくなかった。寒々しいばかりの散らかった家。すみにたまったほこりや、はがれたペンキを見たら、メイのママはどう思うだろう？

車のなかへ身をのりだして、メイのママにいう。

「ほんとうにいいんです。自分で鍵《かぎ》も持ってますから」そういって、実際《じっさい》に鍵《かぎ》をかかげてみせた。

「じゃあ、お父さまに、ごあいさつだけでも」そういうと、ドアロックをカチッとひらいて、あけた。地面に片足《かたあし》をおろして先をつづける。「以前に電話でちょっとお話ししたことがあるだけで――あなたとメイがこんなに仲よしなのに、親どうしが顔も合わせないのはおかしいでしょ」

「あ、見てください」わたしは玄関《げんかん》の左側についている窓《まど》を指さした。暗い木立のすきまから、部屋の灯《あか》りがちらちら光っている。「あそこ、パパの書斎《しょさい》なんです。灯《あか》りがついてるってことは仕事の真っ最中ってことで、パパは仕事のじゃまをされるのが大きらいなんです」

メイが車のなかから声をはりあげた。「カリプソのパパ、本を出すんだよ！」

メイのママは一瞬《いっしゅん》ためらった。

わたしは相手を安心させるよう、にっこり笑った。「書き物の最中にじゃましたら、きげんが悪くなるから、ほんとうにいいんです」

メイのママは書斎《しょさい》の窓《まど》をちらっと見て、ようやく心を決めたようだ。

「わかったわ。そういうことなら、しかたないわ。じゃあ、あなたがおうちに入るまで、見送るわね」

「じゃあね、カリプソ！」メイが手をふる。

クリストファーはまた鼻をほじっていた。人に見られないよう、首をかたむけてやっている。

わたしは庭の小道を歩いていって、ドアの鍵穴《かぎあな》に鍵《かぎ》を差しこんだ。それからレバーをおさえたままぐるっとまわす。玄関《げんかん》を入ったところでふりかえり、車にむかって手をふった。

メイのママは運転席ですわりなおし、車を発進させた。それからわたしはドアをしめ、うす暗い玄関《げんかん》の、冷たいタイルの敷石《しきいし》の上に立った。しんとしたなかで耳をすますと、すきま風が足首をなでていった。

10

階段《かいだん》をなかほどまであがったところで、パパが書斎《しょさい》から出てきた。

「カリプソ！」おどろいている。「ドアのあく音がきこえたもんだから。楽しかったかい？」

「うん、とっても」楽しいなんて言葉じゃたりない。

パパがにっこり笑う。「それはよかった。じゃあ夕食にするか？」

「あ……わたし……メイの家で食べてきたから」

パパはひょいと書斎《しょさい》にひっこみ、またあらわれたときには、みけんにしわがよっていた。

「もう七時じゃないか！　約束がちがう」

ほうら、やっぱり！　きっと時間も気にしていなかった。メイのママだったら気にしていた。メイのママなら心配だってしたはず。でもパパは仕事に没頭《ぼっとう》していた。いつものように。

「べつにオーケイかなって」パパを怒《おこ》らせるために、わざといやな言葉をつかってやる。

「どうせ仕事してるんだし」

「二時間の遅刻《ちこく》だ！　これはゆるしがたいぞ、カリプソ。メイの母親が連絡《れんらく》してこなかったのがおどろきだ。子どもの安全を考えない、非常《ひじょう》に無責任《むせきにん》な態度《たいど》だ」

ゆるしがたいのはパパのほうだ。あんなにいい人のことを悪くいうなんて。

「連絡《れんらく》しようとしたの」わたしはむっとしていった。「でも仕事のじゃまになるからって、わたしが断《ことわ》ったの」それに、だめだといわれたらこまるし。わたしはウソがバレないように背中《せなか》で指をクロスさせるおまじないをする。「パパのためを思ってそうしたの。わたしがどこにいるかはわかってるんだし。わたしがばかなことをするはずがないのは、パパだって知ってるでしょ」

「そういうことじゃないんだ」パパはいつもの「上からさとすような」声をつかう。「たしかにおまえはものがよくわかっているが、まだ十歳《さい》だ。自分じゃどうにもならないことがある」

わたしはふいにつかれを覚えた。「どうでもいいけど」──こういう言いぐさもパパは大きらいで、あごがこわばるのがわかった。「わたしはもう寝《ね》る」

カーペットも敷《し》いていない、しみとほこりだらけの階段《かいだん》をとぼとぼあがっていきながら、パパは夕食になにを食べるつもりだろうと思う。それからすぐ、そんなことを心配する自分に腹《はら》が立った。パパは大人で、自分のめんどうぐらい自分で見られるはずだった。

『闇《やみ》の戦いシリーズ』の『コーンウォールの聖杯《せいはい》』を持ってベッドに入った。メイから借りてきた本の一冊《さつ》。わたしもなにか貸《か》してあげないと。うちにはメイが好きそうな本がいっぱいある。パパの書斎《しょさい》にある本棚《ほんだな》もじっくり見てみないと。そこにも、わたしが大きくなったら読めるようにと、ママの本がおいてあった。殺人ミステリーや、追いはぎと美女の出てくるヒストリカルロマンスや、幼《おさな》いときには怖《こわ》くて読めなかった幽霊《ゆうれい》話なんかが。最後に見てから、もう何年もたつから、そろそろわたしにも読める本がきっとある。

まもなく本の世界にすっぽり入りこんでしまい、わたしの部屋は、カモメの鳴き声と、帆船《はんせん》のロープがマストをぴしゃりとたたく音と、古代の魔法《まほう》にふきとばされてしまった。この本は、前に一度、町の図書館で借りたことがあったけれど、それもずいぶんむかしだった。ひたすら本を読みつづけたのは、もしとちゅうでやめれば、メイの家ですごした楽しい午後の時間を思い出してしまうと、心の奥底《おくそこ》でわかっていたから。笑い声と、美しい布《ぬの》と、自分たちで改造《かいぞう》できる小屋と、ミミズの事件《じけん》。思い出せば悲しくなる。悲しい気分にはなりたくなかった。

それでいつまでも読んでいるうちに、一文のとちゅうでまぶたがおりてきて、本をまくらに、ページがしわになるのもかまわずに眠《ねむ》ってしまった。

11

次の土曜日、わたしはろうかにかかったママの絵の前に長いこと立ちつくしていた。夕焼けの野原を描《か》いた一枚《まい》。頭上の照明をつけても、わたしの記憶《きおく》にあるような、きらめく色にはならない。しまいにいすの上に立って絵をおろした。大きくて重い。

「なにしてるんだ?」

パパが書斎《しょさい》から声をかけてきた。今日もまた歴史の本をせっせと書いている。週末もほとんど働いているので、わたしはひとりですごすのになれてしまった。メイは今日、なにをしてるんだろう？　たぶん泳ぎに行ったか、公園に行ったか。わたしにはそういうことはできないけど、ほかの方法で家とは別世界に逃《に》げだすことはできる。

「絵をちょっとほかへ持ってくの」わたしはパパに答えた。

重たい絵を運んで苦労して階段《かいだん》をあがり、正面にあるパパの寝室《しんしつ》に入る。今日は太陽が顔を出していて、リンゴの木のてっぺんから光が差しこんでいた。ベッドの足もとに絵を立てかけてから、一歩さがって鑑賞《かんしょう》する。

そう。このほうがいい。あのつやつやした布《ぬの》と同じくらいきれい。緑と金が、もやのように広がっていて、白、赤、青といった野の花の小花が美しい。

わたしはゆかにすわって長いこと絵をじっと見ていた。この絵を描《か》いているときのママの気持ちを想像《そうぞう》すると、自然に絵のなかに入っていける。

すりきれたカーペットや色あせたベッドカバーといっしょにパパの寝室《しんしつ》が消えて、小鳥のさえずりと、草をゆらす風の音がきこえてきた。日ざしで頭がぽかぽかして、片手《かたて》をのばせば、ゆれているポピーの花にふれられそうだ。はるか遠くのちょうど視界《しかい》がとぎれた先で、放浪《ほうろう》の民《たみ》が荷馬に箱馬車をひかせて、草深い小道をゆっくり進んでいく。近くの森では、子ども三人が奥深《おくふか》くへふみこんで、秘密基地《ひみつきち》をつくっている最中。イバラで足にひっかき傷《きず》をつくり、小川にバチャバチャ入って泥水《どろみず》をあびている。

そうやって、できるだけ長い時間、日ざしのふりそそぐ草深い世界にとどまっている。ここにはまちがいなくママがいる。わたしのすぐうしろに。ふりかえったら消えてしまうとわかっているけれど、いまたしかにそこにいる。写真ではなく、自分の記憶《きおく》から、もう少しでママの顔がよみがえってくる。その顔はきっと笑っている。

12

日がたつにつれて、メイの家ですごす時間が長くなっていった。「今日、学校が終わったらメイの家によるけど、いい？」そんなふうに、朝パパに気軽にいえるようにもなった。最初パパはかすかにとまどった表情《ひょうじょう》で、どうしてわたしがメイとしょっちゅういっしょにいたがるのか、理由がわからないようだった。けれどそのうち満足げな顔になって、力強くうなずいてこういう。「ああいいとも。友だちができてよかったな」

だけどときどき、つらいような表情《ひょうじょう》を見せることがある。わたしがそばにいなくてさびしい、というわけじゃないのはわかってる。自分はだれにもたよらない、ひとりでもじゅうぶん楽しいと、パパはふだんからよくいっている。だから、なぜわたしが家にまっすぐ帰らないのがつらいのか、よくわからない。でも正直にいえば、実際《じっさい》そういうことは気にもならなかった。メイの家に行くのがすごく楽しかったから。

メイとわたしは秘密基地《ひみつきち》の改造《かいぞう》に早くとりかかりたくてしかたない。そこでだれにもじゃまされずに小説を書くつもりだった。

メイのパパは改造《かいぞう》する価値《かち》なんかないと、わたしたちを説得しようとした。「あれは薪《まき》にするのがせいぜいだ。ここにやってきた当初から、解体《かいたい》して薪《まき》にするつもりだったんだ」といった。

メイのくちびるがぷるぷるふるえる。「だめ、ぜったいだめ！」大声をはりあげた。「そんなことさせない——あたしたちで、またつかえるようにするんだから」

メイのパパはまゆをよせた。背《せ》は高くないけれど、がっちりしていて、かたはばがものすごく広くて、髪《かみ》がとことん短い。いい人だけれど、メイのママみたいに手放しであまえられる感じじゃない。メイのパパがそばにいるとわたしはちょっと緊張《きんちょう》する。とりわけ、まゆをよせたりされると。

「来年の夏に、新しい小屋を建ててやろう」メイのパパがいう。「正直いってメイ、これはもうぼろぼろだ」

「そんなことない」メイがじだんだをふむ。「あたしたちの特別な場所になるんだから！これでいいの」

「よくない！　見ろ！」そういって屋根のすみに手をのばし、一部をはがしてみる。手のなかでぼろぼろとくずれた。

メイが怒《おこ》って息をのむのがわかった。「やめてよ！　手を出さないで！　パパが力になってくれないんなら、あたしたちだけでやるから！」

人が言いあいになると、わたしの胸《むね》にはいつも冷たい、はき気の波がおしよせる。メイの家ではしょっちゅう言いあいになる。いつも長くはつづかないのだけど、それでもわたしは心配になる。それにときどきいまみたいに、メイがパパにすごく乱暴《らんぼう》な口をきくときがあって、そんなメイがわたしには信じられなかった。わたしだったら父親にそんなことはいわない。

ところがメイのパパは娘《むすめ》の勢《いきお》いに負けてかたをすくめ、こういった。「そこまでいうんならしかたない。それでおまえがだまるなら、パパがひとはだぬいでやろう」

メイが顔をかがやかせた。「ありがとう、パパ」そんなふうに、結局メイの思いどおりになってすごいと思うのだけど、ほんとうにそれでいいのかと、わたしは素直《すなお》に喜べない。

大変な苦労の末に、メイのパパは小屋の土台をそっくり地面からどかし、そこにレンガをならべた。すると徐々《じょじょ》に、ゆかのしめり気がなくなっていった。メイとわたしで小屋のまわりにおいしげった草や木を切りたおすと、窓《まど》から光が差しこむようになった。

メイのパパがいうとおり、小屋の状態《じょうたい》はあまりよくなかった。屋根の一部では、ぶあついフェルトの層《そう》がくさってはがれているし、すみのほうから汚《きたな》らしい釘《くぎ》が何本か飛びだしている。けれどもメイとわたしは力を合わせてなにかをつくることに燃《も》えていたから、あれもやろう、これもやろう、とだいたんになって、設計図《せっけいず》と改造《かいぞう》計画は日ましにふくらんでいった。

メイのママがつくっていたスカートが完成し、ある日わたしにそれをはかせてくれた。すごくきれいで、泣きたくなるほどだった。

メイのママがわたしの顔を見てやさしくいった。「まだ残っている布地《ぬのじ》があるの。なにか、つくってほしい？　服をつくるほどはないけれど、バッグぐらいならつくれると思うの」

のどにこみあげてくるものを飲みこみ、こくりとうなずいた。でもそれから気持ちを整理するために、トイレにしばらくかくれていないといけなかった。泣いているところを見られたくなかった。わたしは心の強い人間だと思ってほしかった。強い心についてメイが理解《りかい》できるかどうかはわからない。いつもわたしの前で思いっきり泣いているから。庭でハトの死体を見つけたときもそうだった。ハトはネコと戦って負けたようだった。

「ネコなんて大っきらい！」メイは泣きながらいった。「ハトがかわいそう！」

わたしが両うでをまわすと、メイがしがみついてきて、わたしのかたを涙《なみだ》でぬらした。かたを波打たせ、からだをふるわせて、泣きじゃくっているメイを、わたしはだきしめた。わたしの胸《むね》にも、なにかかたいしこりのようなものができて痛《いた》くなる。メイと同じ気持ちになったみたいに、わたしも泣きたくなる。でも泣かない。メイのかわりに自分が強くならなきゃと思った。

ハトのことを知って、ママもメイをだいてなぐさめた。メイのママはメイのこともクリストファーのこともしょっちゅうだきしめている。どっちも、たまにいやがることがあったけど、ママはかまわずずっとだきしめていて、結局それで笑顔《えがお》がもどる。わたしはうらやましかった。自分もぎゅっとだきしめてもらいたい。だからメイのママがメイやクリストファーにそうするのを見ていると、うれしい気持ちと悲しい気持ちが同時に訪《おとず》れる。わたしはメイに会うと、毎日ぎゅっとだきしめるようにしている。そうすると気分がよくなるとわかっているから。

着せかえごっこも気分がいい。学期とちゅうの中休みの月曜日、メイのママがわたしたちの秘密基地用《ひみつきちよう》にカーテンをつくってくれるといって、大きな袋《ふくろ》に布《ぬの》をいっぱい入れて持ってきた。どれがいいか、選んでいいという。

「すごい！」ぶあついサテン地の錦《にしき》を指でなでながら、わたしはため息をついた。「これ、まちがえてここに入ったんじゃない？　あの小屋にはきれいすぎるよ。ふつうこういうのは、舞踏会《ぶとうかい》のドレスやなにかにするもんだよ」

「腰《こし》に巻《ま》いてごらんよ」とメイ。「巨大《きょだい》なスカートみたいになるから」

「だめだめ。汚《よご》したらどうするの？」

メイのママがまた新たな袋《ふくろ》を持ってやってきた。

「ねえママ、これで着せかえごっこをやってもいい？」メイがきいた。

メイのママは一瞬《いっしゅん》ためらった。「いいわよ。ただし気をつけてね。外には持っていっちゃだめよ。それと手をきれいに洗《あら》って汚《よご》さないようにしてね」

メイとわたしはもううれしくてしかたない。やわらかでつやつやした布《ぬの》、ベルベット、サテン、花もようをプリントした夏むきのコットン、結婚式《けっこんしき》のベールにするようなすごくうすい布地《ぬのじ》もあった。

わたしは虹《にじ》の万華鏡《まんげきょう》のような布《ぬの》をからだに巻《ま》きつけて、自分は遠い王国の姫君《ひめぎみ》だと想像《そうぞう》してみた。

「シャロット姫《ひめ》の詩をやろうよ」とメイ。「赤毛のアンに出てくるみたいに」

「だけど舟《ふね》がない」とわたし。「赤毛のアンでは最後に川に行くでしょ。布《ぬの》を汚《よご》したらメイのママに殺される」

「ここに想像《そうぞう》の舟《ふね》をつくればいい」メイがいって、銀色の布《ぬの》がかかったうでで居間《いま》をさす。

「いすをならべて舟《ふね》にするの。詩は覚えてる？」

「ぜんぶじゃないけど」

メイがわたしをじろじろ見る。「その髪《かみ》、ちょっと変えてもいい？」

わたしは自分の赤い巻《ま》き毛《げ》にふれた。「どうやって？」

メイはブラシをとってきた。「すわって」

ブラッシングしても、わたしの髪《かみ》は見ばえがしない。巻《ま》き毛《げ》がふくらんでニンジン色の雲みたいになるだけ。

「すごいね」メイがいう。ブラシが何度も髪《かみ》にひっかかってしまう。「むかしの本に出てくる女の子たちって、布《ぬの》きれをカーラーがわりにして髪《かみ》を巻《ま》いて眠《ねむ》ったでしょ。カリプソはそんなことしなくてもいいんだから。あたしの髪《かみ》もそうだったらいいのにな」

「そんなことないって」とわたし。「メイみたいなきれいな髪《かみ》、わたし、いままで見たことないよ」

それはほんとうだった。メイの髪《かみ》はストレートの豊《ゆた》かな黒髪《くろかみ》で、糖蜜《とうみつ》みたいにつやつやしている。弟やママとおんなじだ。メイのママは黒い髪《かみ》を滝《たき》のように腰《こし》までのばしている。中国人かな、それとも日本人？　知りたかったけど、そういうことをきくのは失礼な気がした。

メイはわたしの赤い巻《ま》き毛《げ》をブラシでとかし、すぐ丸まってしまう髪《かみ》になにかいい香《かお》りのするクリームのようなものをなじませている。暖炉《だんろ》の上にかかっている鏡に目をむけたとたん、わたしは息をのんだ。まるで別人みたい――大人っぽくて、すごくおしゃれ。

「すごい――どうして……」

わたしは自分の髪《かみ》をなでてみた。すごくいい香《かお》りがして、とびっきり高級なデザートみたい。こんなふうにだれかに髪《かみ》をととのえてもらったことは、たぶんいままでなかった。この人のことをもっと知りたいと、鏡にうつった自分を見てそんなことを思う。ちょっと――ほんのちょっとだけど、ほんの一瞬《いっしゅん》、ママににているように思えた。鏡にうつった自分の顔をしげしげと見る。大きな目に赤いまつげ。鼻からほっぺにかけてソバカスが散っていて、ほんのりピンクのくちびるは、わたしの部屋においてある写真のママと同じように、片側《かたがわ》だけがあがっている。時間を飛びこえて、鏡のむこうからママがこちらを見ているような気がして、目をそらすことができない。

「まあ」メイのママがいって、わたしはわれに返った。「まるでロマンチックな絵画からぬけだしてきたみたい」

わたしは赤面して、鏡から目をそむけた。メイのママがなんのことをいっているのか、わかっていた――髪《かみ》を波打たせて中世のローブを着たグィネビア。それか妖精《ようせい》の国の女王ティターニア。このくしゃくしゃした赤いモップみたいな髪《かみ》も、きっといつかわたしのママみたいに、赤褐色《せきかっしょく》のふさふさした髪《かみ》に変わるのかもしれない。赤毛のアンの話でもそうだった。

「シャロット姫《ひめ》のできあがり」メイがいう。

ふたりでいすをいくつか引きずって、ゆかのまんなかに集める。どっちも大きな布《ぬの》をまとっているので危《あぶ》なっかしいのだけど、なんとか舟《ふね》みたいなものができあがった。

詩にうたわれているシャロット姫《ひめ》は呪《のろ》いをかけられて塔《とう》のなかにとじこめられている。窓《まど》の外を見ることはできず、見ていいのは鏡だけ。そうして日がな一日布《ぬの》を織《お》り、いつかだれかに助けてもらうことを夢《ゆめ》見ている。そしてある日、ハンサムな勇士ランスロット卿《きょう》が馬に乗ってやってくると、シャロット姫《ひめ》はがまんできず、窓《まど》に走っていってランスロット卿《きょう》のすがたをまともに見てしまう。鏡がわれ、シャロット姫《ひめ》は塔《とう》の階段《かいだん》をかけおりて舟《ふね》に乗りこみ、川を下ってキャメロットへむかう。ところが、そこへ着いたときには姫は死んでいて、その美しい遺体《いたい》を見ながらランスロット卿《きょう》は、この人はだれだろうと思う。それが詩の最後だった。

とてもロマンチック。なぜシャロット姫《ひめ》が死んだのか、よくわからないけど、おそろしい呪《のろ》いをかけられてしまえば、きっとどうしようもないんだろう。

舞台《ぶたい》セットができあがると、わたしが詩の一部を暗唱した。シャロット姫《ひめ》が塔《とう》のなかで布《ぬの》を織《お》っている場面。ハンサムなランスロット卿《きょう》が馬で通りかかったと知って窓《まど》にかけよる。わたしはドラマチックによろめき、呪《のろ》いにうちのめされて、舟《ふね》にたおれこむ場面を演《えん》じた。これにはメイの助けも少し必要だった。スカートに足がひっかかってしまって、腰《こし》で結んだ布《ぬの》がほどけてしまったから。これじゃああんまりロマンチックとはいえない。けれども最後には、クッションのついた舟《ふね》の上にぶじあおむけになり、胸《むね》の上で手を組んで天井《てんじょう》を見あげた。

「たしか、花を持ってるんだよね」メイがいった。あたりをきょろきょろさがす。「これこれ」そういって白いコットンの布《ぬの》きれをわたしの手につきつけた。青いポピーがプリントしてある。

「こんなのしかないの?」わたしは鼻にしわをよせた。「どこかに本物の花はない?」

「待って」メイが顔をかがやかせた。「いいこと考えた。すぐもどってくるから」大きなフランス窓《まど》のむこうにメイが消えると、わたしは演技《えんぎ》の練習に入った。舟《ふね》のなかに静かに横たわって、ゆるやかな川の流れが木の舟《ふな》べりに、ひたひた打ちよせるさまを想像《そうぞう》する。まぶたが重たくなってきた。

「ほら、これ！」

はっと目がさめると、メイがあざやかな黄色のタンポポをわたしてくれた。一生懸命《いっしょうけんめい》さがしたんだろう。十月に咲《さ》いている花は少ない。

「それでどう？」

タンポポじゃ、ちょっと小さいし、見ばえもしないと思ったけど、メイの気持ちを傷《きず》つけたくなかった。

「かんぺき」わたしはうそをいった。

そこで間があった。「今度はなに？」とメイ。

「死者をとむらう言葉を述《の》べなきゃいけないと思う」わたしはいって、また目をとじた。この舟《ふね》はとっても寝心地《ねごこち》がいい。

メイは深く息をすってから、弔辞《ちょうじ》を述《の》べはじめた。「ああ、かわいそうなシャロット姫《ひめ》。あなたはいつも……えーっと……塔《とう》のなかにいた。日がな一日糸をつむいでた」

「布《ぬの》を織《お》っていた」わたしは眠《ねむ》たくなってきた。

「日がな一日布《ぬの》を織《お》っていた」メイがいいなおした。「呪《のろ》いをおそれて、窓《まど》から外をのぞくことも決してしなかった。あの運命の日までは……」

メイの心地《ここち》よい声のひびきと、暖《あたた》かな空気のおかげで、心がなごんで、すっかりいい気持ち。ああなんておだやかなんだろうと思っていると……。

「うらめしや〜！」

わたしは目をぱっとあけて起きあがった。いったいなにごと？

白いシーツを頭からかぶったクリストファーがドアのところに立って、ゾンビのように両うでを前にのばしていた。今度は「ガオ――――！」といって、こちらへよろよろと歩いてくる。

メイとわたしは、しらけた顔でクリストファーを見ている。

「いったい、なんのつもり？」メイがきいた。「幽霊《ゆうれい》なら、〝ガオ――〟なんていわないし、ゾンビだったら、〝うらめしや〜〟なんていわない。それにどっちも白いシーツなんてかぶってない。それって、アイデンティティの危機《きき》だよ」

クリストファーは頭からシーツをとって、わたしたちをにらみつけた。

「両方さ。幽霊《ゆうれい》ゾンビなんだ」

そこでわたしが教えてやる。「正確《せいかく》には、どっちも死んでるわけだから、幽霊《ゆうれい》ゾンビっていうのは存在《そんざい》しない。そういうものが生まれるためには、二回死なないといけない。それは不可能《ふかのう》でしょ」

クリストファーの顔がむっとした。

「だからなんなんだよ？　ハロウィーンには好きなものになれるんだ。幽霊《ゆうれい》ゾンビはかっこいい。ママがぼくのために、ちゃんとした衣装《いしょう》をつくってくれるんだから。お姉ちゃんたちみたいに、眠《ねむ》り姫《ひめ》なんかやるよりずっといい」

「わたしは眠《ねむ》り姫《ひめ》じゃないの」こっちもちょっとむっとした。「あんなオバカな話。そうじゃなくて、これはシャロット姫《ひめ》」

クリストファーはわたしの顔をきょとんと見ている。「だれ、それ？」

「もういいから、子どもはあっちへ行ってなさい」メイがいらいらして、えらそうにいった。

クリストファーはこっちに舌《した》をつきだしてから、いなくなった。階段《かいだん》をどすんどすんとあがっていきながら、歌を歌っている――「♪カリプソはお姫《ひめ》さま気どり、カリプソはお姫《ひめ》さま気どり……」

メイがため息をついた。「ごめんね。あいつ、ほんとばかだから」それからわたしをふりかえった。「ねえ、ハロウィーンに、〝トリック・オア・トリート〟やる？　もしなんなら、あたしたちといっしょにきてもいいよ」

「えっ、でも……衣装《いしょう》がないし」

「ネコと魔女《まじょ》の衣装《いしょう》、ふたつ持ってるから、どっちか貸《か》してあげるよ。クリストファーなんて無視《むし》すればいいいし」メイがあまえるようにいう。

「わたし、〝トリック・オア・トリート〟って一度もやったことないの」わたしはうちあけた。「まわりに家がほとんどないところに住んでるから、うちに人がきたこともないし。メイたちはどこの家に行くの？」

「そんなに遠くないよ」メイがいう。「前に住んでた家にもどって、近所の知っている人の家に行くつもり。パパがたいていいっしょについていきて、ものかげにかくれてるの」

さあどうしよう。「考えさせてもらってもいい？　パパにきいてみるから」そうはいったものの、パパがなんというか、もうわかっていた――「あれはアメリカの行事だぞ、それも不愉快《ふゆかい》で通俗的《つうぞくてき》。夜間に他人の家のドアをたたいて、お菓子《かし》をねだるなんて、マナー違反《いはん》もはなはだしい」って。

でもメイにそんなことはいえなかった。わたしたちはすごく仲のいい親友だけど、いろんな点でちがっている。メイのパパはアメリカの行事であっても通俗的《つうぞくてき》であっても気にしないみたい。

メイがにっこり笑った。「パパにしっかりたのんでよ」それからゆかのまんなかに集めたいすに目をやる。「もうシャロット姫《ひめ》は終わりにしていいよね？　詩のなかに幽霊《ゆうれい》ゾンビなんて出てこないし」

わたしは声をあげて笑った。

「だよね。ねえねえ、想像《そうぞう》できる？　シャロット姫《ひめ》が窓《まど》の外をのぞいたら、うでをつきだした白いおばけがいたなんて……」

そういってクリストファーのまねをして両うでをつきだしてみせる。

「うらめしや〜！　それを見て、シャロット姫《ひめ》は悲鳴をあげました！」

そこでメイの笑《え》みがこおりついているのに気づいた。顔がまっさおになっている。

「メイ？　どうしたの？」

メイは口をあけるものの、声が出てこない。

「なに？」メイの視線《しせん》の先にわたしも目をむける。

「あっ、タンポポ持ってるのわすれてた」

花はつぶれて、なんかべたべたしている。手に茶色いしみがついているのを見て、茎《くき》からしみだした白い汁《しる》のせいだとわかった。

「うわ、やだ」

「布《ぬの》」メイがくちびるをかんで、ささやくようにいった。「見て」

わたしは美しいサテンの錦《にしき》を身にまとっていた——ずっしりした布地《ぬのじ》にししゅうがびっしりしてあって、買うとしても、たぶん値段《ねだん》がつけられないほど高いだろう。それがいま、カワセミのようにあざやかなブルーの布に、茶色いしみがぽつぽつとついている。手と同じように。

「大変、どうしよう」

あの美しい布《ぬの》が。たくさんあったなかでまちがいなくいちばん美しい布《ぬの》——ぜったい汚《よご》さないようにするって、ちゃんと約束したのに。

メイのママになんていわれるだろう？

13

気をつけるって約束したのに。それに、なんてきれいな布《ぬの》だろう。きっとメイのママが外国に行ったときに、どこかのバザールで特別に手に入れたのかもしれない——同じものを買って弁償《べんしょう》することもできない。

からだがふるえてきた。一瞬《いっしゅん》、走って逃《に》げようかと、ばかなことを考えた。いさぎよく白状《はくじょう》するなんてとんでもない、あとのことはメイにまかせる。メイのママが、がっかりして怒《おこ》る顔を見たくなかった。

でももちろん、逃《に》げるなんてしない。それはひきょうなことであって、わたしはひきょう者じゃないから。それで、なににもふれないよう、フランス窓《まど》まで慎重《しんちょう》に歩いていって、ぐったりしたタンポポを外のふみ段《だん》の上においた。それからメイに手伝ってもらって布《ぬの》をからだからほどき、手を洗《あら》いにいった。べたべたはとれたけど、茶色のしみは落ちなかった。ますます心が重くなる。手についたしみがとれないのなら、布《ぬの》についたしみだってとれるわけがない。

「洗《あら》ってみようよ」メイが耳もとでいう。布《ぬの》をぎゅっとつかんでいる。

「だめだよ」わたしはいった。「ますます汚《よご》れが広がるだけ。色が落ちちゃったりするかもしれない。メイのママをさがそう」いいながら声がふるえた。

メイのママはキッチンにいて、ニンジンをきざんでいた。笑顔《えがお》でふりかえったものの、すぐわたしたちの表情《ひょうじょう》に気づいた。「どうしたの?」

わたしは一歩前へ進みでた。

「ほんとうにごめんなさい。ちょっとアクシデントがあって」

メイがカワセミ色の布《ぬの》をさしだした。

「タンポポが」わたしはいった。「あの、タンポポの汁《しる》が。茎《くき》からしみだしちゃって。わたしがシャロット姫《ひめ》になるんで、花が必要だったんです。でも汁《しる》が出ることをわすれていて。それで……」

わたしはごくりとつばを飲みこんだ。

メイのママは手を洗《あら》い、メイから布《ぬの》を受けとった。すごく真剣《しんけん》な表情《ひょうじょう》。茶色のしみをまじまじと見て、深いため息をついた。「まあ、どうしましょう」

わたしは目に涙《なみだ》がもりあがってきて、くちびるをかんだ。

「まんなかにもあるわ」メイのママがいって、布《ぬの》をのばしながら、はしからはしまで確認《かくにん》する。「これじゃ、しみのある部分だけ切りとってしまうということもできないわ。手のほどこしようがない」

失望がありありとにじむ声に、わたしの胸《むね》がひどく痛《いた》んだ。

メイがわっと泣きだした。

「ママ、ほんとうにごめんなさい！　汚《よご》さないように、すごく気をつけてたの！」

メイのママはため息をついた。

「そうよね。だからいいのよ、といってあげたいところだけど、そういうわけにもいかないわ。だって、これはママのお気に入りの一枚《まい》で、なにか特別なものをつくるときのためにとってあったの。もうもとにはもどらない」

「それは……」わたしはふるえながらいった。「それは……洗《あら》うことはできませんか？」

メイのママは悲しげに笑った。

「無理ね。こういう布《ぬの》は洗濯《せんたく》に適《てき》さないの。それにタンポポのしみを消すには、化学処理《しょり》が必要よ。それをすると布《ぬの》がいたんでしまう」

「そんな」もう限界《げんかい》だった。涙《なみだ》がひとつぶ、わたしのほおを流れ落ちた。「ごめんなさい。もし……お金が必要なら……」

自分がなにをいおうとしているのかわからない。おこづかいだってもらってないのに。どうやってこれだけのものを弁償《べんしょう》できるの？

まるで吐《は》くんじゃないかと思うほどメイが激《はげ》しく泣きじゃくった。それがわたしにも伝染《でんせん》した――ふいに涙《なみだ》が滝《たき》のように顔を流れだす。声を出して泣きはしないけれど、もうそれ以上なにもしゃべれなくなって、目の前がぼうっとかすんだ。

メイのママが布《ぬの》をおいて両うでをのばすと、メイは迷《まよ》うことなくそのなかに入っていった。でもメイをだいたのは一本のうでだけ。もう一本が、わたしにむかってまだ差しのべられている。

わたしも一歩前に進みでて、あったかくて安心できる、強いうでにだかれた。ほんのちょっと他人のママを借りているような感じになって、それを思うとますます涙《なみだ》が激《はげ》しく流れた。わたしのからだのどこか深いところで、なにかがくずれ、ひざから力がぬけていく。それでもメイのママがしっかりささえてくれていた。

自分以外のだれかがわたしをささえてくれている。いまこのときだけは、自分で自分をささえなくていい。強い心も必要なかった。わたしのかわりに心を強く持ってくれる人がいるから。

それは、この上なくほっとすることだった。

14

メイのママはわたしたちをゆるしてくれた。ハグをされる前、わずかなあいだだったけど、わたしはずっと自分にいいきかせていた。べつに親友なんていなくても、だれにもたよらずひとりでやっていける。もう何年もその練習をしてきたんだから、だいじょうぶだって。

ところが、ひとりでやっていかなくてもいいとわかると、ほっとするあまり、また泣きたくなった。これからもメイと遊ぶことができて、メイの家族といっしょにすごせる。それがわかったら、これまで以上にメイの家族が身近に感じられた——こんなわたしでも受け入れてもらえるんだって。

学期とちゅうの中休みは、毎日メイの家に遊びに行った。ただし、夕食をごちそうになるのはやめた。わたしがいないと、パパが食事をするのをわすれてしまうと思ったから。メイの家では、家族がいっしょになってなにかすることが多いので、自然とわたしも、いろんなことにパパをさそうようになった。でもうちの場合はむずかしい。パパは仕事がいそがしくて、わたしとスクラブルのゲームをしたり、散歩に出かけたりする時間もないようだった。

ハロウィーンの「トリック・オア・トリート」に行っていいかときいたところ、予想どおりの答えが返ってきた。「いや、カリプソ。それはだめだ」

「だけどメイもいっしょだよ。それにクリストファーも——メイのパパだってついてきてくれるんだから」

パパは首を横にふった。「パパは、ああいうのはきらいなんだ。だいたい家に山ほどのお菓子《かし》を持って帰ってくるなんて、おまえのためにもよくない」

なにがいけないのと、わたしは思った。山ほどのお菓子《かし》なんて、うちにあったためしがない。「お願い、パパ……」

ふしぎだった。そんなに行きたいわけでもないのに、パパにだめだといわれると、なぜか行きたくなる。

「そんなにハロウィーンを祝いたければ、カボチャをかざればいい。それならべつに害はない」それだけいうとパパは書斎《しょさい》に入り、ドアをしめた。これで話は終わり。

わたしはろうかにぽつんと立ってゆかに目を落とした。腹《はら》が立つ？　がっかり？　ほっとした？　そのぜんぶを一度に感じるなんてことがあるだろうか？

メイはただがっかりした。「うちのパパがついていくって、ちゃんといった？」

「うん。それでもだめだって」

メイが不服そうな顔をした。「カリプソのパパってちょっと……」

「ちょっと、なに？」

メイがもじもじしだした。「ちょっと……その、楽しいことはしない人なの？」

わたしは口をあけ、するに決まってるといおうとした。わたしのためにカボチャランタンをつくってくれるといったし（だよね？　それともあれは、ひとりでつくれってこと？）、キッチンの戸棚《とだな》がからっぽのときも、ゲームみたいにして食べ物をさがしたし、気まぐれにピザを食べに連れていってくれたりも……。

一瞬《いっしゅん》言葉につまったあとで、「するよ」といった。「パパはおもしろい人なんだけど、仕事が多すぎるんだよね」

学期とちゅうの中休み最後の土曜日、メイとわたしは初めて秘密基地《ひみつきち》で小説を書くことにした。小屋の改造《かいぞう》はまだ完成にはほど遠かったけど、ゆかはもうしめらないし、自分たちの手でかべの内側にペンキもぬり終えていた。つかっていないカーペットをメイのパパが見つけてきて、それをちょうどいい大きさに切って敷《し》いてくれたので、とても快適《かいてき》だった。その日はさほど寒くなかったから、からだが冷えるまで、少なくとも一時間は作業ができると思った。メイとわたしは小屋の小さなドアをしめると、カーテンとクッションに囲まれた自分たちだけの場所で、にっこり笑いあった。夏にはきっとすばらしい居場所《いばしょ》になる。

「ハロウィーンでもらったお菓子《かし》、持ってきたよ」メイがいって、カボチャの絵がついた紙袋《かみぶくろ》をかかげた。「いっしょにきたらよかったのに——そうしたら二倍もらえた！」メイがわたしに棒付《ぼう》きキャンディをくれた。「考えごとには、あまいものがいいんだよ」

「ありがとう」わたしはキャンディを口に入れて、かたい表紙のついたノートをひらいた。

「じゃあ、始めよっか」

ふたりで一生懸命《いっしょうけんめい》ストーリーを考える。すでに二十二ページまでできていて、核戦争《かくせんそう》を生きのびる少女という、わたしが最初に考えたアイディアがずいぶん大きくふくらんでいる。コーンウォール州の巨大《きょだい》な環境《かんきょう》施設《しせつ》エデン・プロジェクトみたいに、フランスのどこかに巨大《きょだい》ドームに守られて放射能汚染《ほうしゃのうおせん》をまぬがれた地域《ちいき》があるという設定。小説の主役であるペルセフォネ、短くよぶとセフィが、危険《きけん》な海域《かいいき》をわたってそこへむかうのだけど、盗《ぬす》んだ船に乗った彼女《かのじょ》はあやうくサメに食われそうになる。実際《じっさい》にはイギリス海峡《かいきょう》にサメは棲息《せいそく》していないから、新種のサメをかってにつくりだした。ドラマチックにもりあげるために、それはどうしても必要なことだった。

それ以上にワクワクしたのは、メイがインターネットにわたしたちの書いた小説のデータを、本としてアップロードしてくれたこと。そんなにむずかしくはないみたいだった。最初は試験的に、わたしたちの壮大《そうだい》な小説『アルマゲドンのあと』の第一章をアップロードした。「アルマゲドン」というのは世界が終わってしまう最終戦争で、なかなか気のきいたタイトルだと自慢《じまん》に思っている。

ただし本を販売《はんばい》するのは十八歳《さい》以上という制約《せいやく》があったので、メイがたのんで、メイのママの名前でアカウントをつくった。本物のウェブサイトに自分たちの作品がのっているのをメイに見せてもらったときには興奮《こうふん》に胸《むね》がおどった。メイのママがとった、暗い森の写真を表紙につかって、ほんの少しの分量なので、価格《かかく》は五十ペンスにした。だれが買ってくれるかと、そわそわしながら待つこと二日。だれも買わない。

「やっぱ宣伝《せんでん》しないとだめだね」わたしを安心させようとメイがいう。「まだこの本の存在《そんざい》をだれも知らないってだけだよ。あたしたちの本を買ってくださいっていうメッセージを発信しないと。広告を出すって手もあるね」

宣伝《せんでん》といわれても、どうしていいのかわからない。わたしはただ小説を書きたかっただけ。インターネットで販売《はんばい》するなんて、ほんとうに意味のあることなんだろうかと思えてきた。ところがそれから数日して、メイが満面の笑《え》みで登校してきた。

「買ってくれた人がいた！」メイがいう。

「うそ！」とわたし。「話、つくってるでしょ！」

ところがそうじゃなかった。わたしたちのアカウントに支払《しはら》い金額《きんがく》がしるされている。

あまりのうれしさに天にものぼる心地《ここち》になる。これでわたしたちは本物の作家！

「楽しんでもらえるといいね」わたしはいい、学校中のみんなに知らせたい気分だった。

「だいじょうぶ」メイがいう。「いまにきっと、つづきを読むのが待ちきれないっていう感想が投稿《とうこう》されるから」

放課後、パパに知らせようとワクワク気分で書斎《しょさい》に飛びこんでいった。

「パパ！　すっごいことがあったの！」

まずいときを選んでしまった。パソコンが立ちあがって、パパはモニターをにらんでいる。

「あとにしてくれ、カリプソ」こちらをちらりとも見ないでパパがいった。「仕事中だ。まったくいまいましい編集者《へんしゅうしゃ》め。自分がなにをいっているのかわかっちゃいない」

「でもパパ！」わたしは食い下がった。「わたし、作家になったの！」

それでパパの注意がこちらにむいた。はじかれたように頭がまわった。「いまなんていった？」

「作家になったって。ふつうの意味とはちょっとちがうけど。メイとわたしとで、ネット上で小説を売りだして、それをだれかが買ってくれたの！」

パパがわたしの顔をしげしげと見る。ちょっと長すぎると思えるほどに。それから首を軽くふった。

「どういう意味だ？　だれかが買ってくれたっていうのは？」声が裏返《うらがえ》っている。

パパの机《つくえ》の前にいすを持っていって、すわってじっくり話したかったけど、そんないすはないので、机《つくえ》のはしにちょこんとすわった。

「メイがコンピューターでいろいろやって、ネットにのせてくれたの」そこでちらっとパパが見ていたパソコンに目をやる。編集者《へんしゅうしゃ》からのメールがモニターにうつっていて、箇《か》条《じょう》書《が》きの文章がずらりとならんでいる。

「いっしょに小説を書いてね、ちゃんと書けているかどうか知りたかったの。それで——売ることにした。ウェブサイトに第一章をアップロードすると電子書籍《しょせき》になって、それをだれかが買ってくれたの！　代金はたったの五十ペンス——多くはないけど、ほんとうに売れたの。たぶん小説が完成したら、何百万という人が買ってくれて、わたしたちはお金持ちになれる！　そうしたら自分のパソコンを買って、新しい車も買って、休暇《きゅうか》をとって旅行に出ることだってできる！　それどころか——（口がかってに動いてとまらない）——外国にだって行ける！　お手伝いさんもやとえる！　家を掃除《そうじ》してもらえる！」

そこで息を切らし、だまった。将来《しょうらい》の夢《ゆめ》のような生活を思って顔がかがやいているのが自分でもわかる。

それからパパの顔を見た。

「どうしたの？」

まるでからだのどこかが痛《いた》いみたいな顔で、まゆをぎゅっとよせて、くちびるから血の気が引いている。

「だいじょうぶ？」

しゃべれないようだった。ほおがおかしな形になっていて、奥歯《おくば》をぎゅっとかみしめているみたいだった。それから低いうなり声のようなものをもらした。

まるで怒《いか》りをぶつけるみたいに、ようやく言葉が出てきた。

「ネット上に小説を？　それをだれかが金を出して買ったって？　買ったのは出版社《しゅっぱんしゃ》じゃないのか？」

「まさか――ちがうよ！」わたしは笑いながらいった。「そんなんじゃ、ぜんぜんないの。わたしたちが書きあげた小説を、だれかがダウンロードしたの。それをパソコンとか、スマートフォンなんかで読むってわけ。そのために五十ペンス支払《しはら》ってくれた。それだって本を出したことになるでしょ。自分たちの力で出版《しゅっぱん》したって感じ?」

長い沈黙《ちんもく》。それでわかった。パパはわたしのいったことをひとことも理解《りかい》していない。パパが生きているのは紙の世界。わたしとメイがやったことは、空飛ぶ車を発明するのと同じように、パパにとっては未知の世界の話なのだ。

最初の本が売れたと知ったときの喜びが、潮《しお》が引いていくみたいに消えていく。ずっとやりたいと思っていたことを実現《じつげん》した、その熱い達成感も冷えてしまった。

「まあそういうこと」わたしはいってしまって机《つくえ》からおりた。しびれて感覚がなくなってしまった太《ふと》ももをさする。「ただパパに知らせたかっただけ――もう知らせたから――宿題しに行くね」ドアのほうへむかいながら、パパにきく。「お茶でも飲む?」

けれどパパは、わたしがさっきまで腰《こし》をおろしていた机《つくえ》の部分をじっとにらんでいて、まだ銅像《どうぞう》のようにかたまっていた。怒《おこ》っているふうではなかった。まるでなにか、ものすごく悪い記憶《きおく》を思い出してしまったように、つらそうな顔をしている。あるいは、たったいま、おそろしい事故《じこ》を見てしまったというような。わたしはくちびるをかんだ。パパはわたしのせいで気分を害している。どうしてなのだか、わからないけど。背《せ》をむけて出ていこうとした瞬間《しゅんかん》、なにかが目に入り、えっと思ってふりかえった。パパの目に涙《なみだ》がたまっている。まぎれもない涙《なみだ》。

わたしはまっすぐ自分の部屋に行くと、ベッドに腰《こし》をおろし、ぶるぶるふるえていた。外では打ち上げ花火の音と歓声《かんせい》がきこえていて、「ガイ・フォークス・ナイト」のお祭りが始まったのだとわかったけれど、窓《まど》の外を見ることもしなかった。

うちのパパは泣かない。ぜったいに。きっとわたしはなにかとても、とてもひどいことをしてしまったにちがいない。

15

次の日学校に行くと、もっとひどいことが起きていた。メイの顔からそれがはっきりわかった。くちびるがふるえて、目が涙《なみだ》で光っている。

「どうしたの？」答えをきくのが怖《こわ》い。

メイはわたしのうでをつかんで、教室のすみの席へ引っぱっていく。いつもすわる場所じゃないから、きっとまもなくだれかがやってきて追いだされるだろう。わたしの頭のなかに、『赤毛のアン』の一場面がうかぶ。アンがお茶会でダイアナに、そうとは知らずにお酒を飲ませてしまい、これからはアンと友だちづきあいをしてはいけないとダイアナがいわれる。

わたしはメイの手をにぎった。「ねえ、なにがあったの？」気が気じゃなくて、ひそひそ声できいた。「そんな深刻《しんこく》な顔をして。ひょっとしてわたしたち、もう友だちでいられないとか？」

そこでまた新たな心配に胸《むね》をわしづかみにされた。「メイ、ひょっとしてがんにかかって死んじゃうの？」

ママと同じように、わたしはメイも失ってしまうのだろうか？　肺《はい》のなかで息がとまった。

「それよりもっとひどい」メイがごくりとつばを飲んだ。「感想が投稿《とうこう》されたの」

「え、なに？」

「感想。あたしたちの小説を買った人の」

メイがなにをいっているのか、理解《りかい》するまでにしばらく時間がかかった。わかったとたん、心配がふきはらわれ、心からほっとした。メイはがんじゃない！　わたしたちは友だちのまま！

「どんな感想？」

「ぼろくそよ」メイが涙《なみだ》をこぼす。「それがね、カリプソ。ひどいったらないの」

「なんて書いてあったの？」

「五十ペンスをはらう価値《かち》もないって。へたな文章で、二度ともどらない人生の貴重《きちょう》な五分間がむだになったって。まるで三歳《さい》の子どもが書いたみたいだなんて……」メイはしゃくりあげている。

わたしはまた心が冷えて、気分が悪くなった。「ひどすぎる」

「だまっていようと思ったの」とメイ。「その感想を削除《さくじょ》しようとしたんだけど、ウェブサイトのシステム上、それができない。どうしよう、カリプソ！　あんな感想がのってたんじゃ、だれひとり、あたしたちの小説を買ってくれないよ！」

「アップロードした小説を削除《さくじょ》しよう」わたしはきっぱりいった。「小説が消えれば、それと同時に感想も消える。それから、これ以上はないってぐらいにかんぺきな完全版《かんぜんばん》を書きあげて、それをまたアップロードするの」

「なんだかもうやる気がなくなっちゃった」メイがしょぼんとしていう。「その完全版《かんぜんばん》が、だれにも気に入ってもらえなかったら？」

「全員を満足させることはできないよ。それにこれはまだ最初の本でしょ。これからどんどんうまくなる。二冊《さつ》目はもっとよくなって、三冊《さつ》目はさらによくなる」

「あたしは、もう書くのはやめようって、そう思った」メイはすっかり落ちこんでいる。

「ばかなこといわないで」いいながら、ほんとうにメイがやめちゃったらどうしようと、こわくなった。ふたりで小説を書く時間をいつも楽しみにしていた。メイがやめちゃったらぜんぶひとりで書かないといけない。ひとりよりふたりで書くほうがずっと楽しい。いままではそれがわかっていた。

けれどそこで話は中断《ちゅうだん》。いつもそこにすわるクラスメートふたりがやってきて、わたしたちは追いだされ、それからすぐ授業《じゅぎょう》が始まった。

お昼休みに、メイが図書室のパソコンでその感想を見せてくれ、それでメイのいいたいことがよくわかった。

これがたった五百語しかないと知っていたら、お金も時間もむだにすることはなかったでしょう。それどころか、たとえ無料だったとしても、これを読むのはだれにもおすすめしません。『アルマゲドンのあと』は、自分の能力《のうりょく》を知らない作者ふたりが、明らかに自分たちの手にあまる大きな問題にとり組んだのが失敗でした。文章は子どもっぽくぎくしゃくしており、プロットはばかげていて、キャラクターは退屈《たいくつ》。五分で読めましたが、この五分は二度ともどってこない時間です。五分あったら、トイレにすわって、もっと実のあることができますし、ネコのトイレ掃除《そうじ》だってできる。まるで三歳《さい》の子どもが書いたようなもので、素人《しろうと》が本を出版《しゅっぱん》しようと考えるのがどれだけばかげているか、これはそのいい見本です。

モニターにうつしだされた底意地の悪い言葉をわたしはにらみつけた。

「なんなのこれ」とわたし。「心の底から憎《にく》んでるって感じ」胃がかっと熱くなり、胸《むね》がしめつけられる。怒《いか》りを爆発《ばくはつ》させるか、それとも笑いとばすか、選ぶのはわたしだ。たかが本の感想。がんでもなければ、友だちとの別れでもない。そういうのにくらべたらなんでもない。胸《むね》の中でふつふつとたぎるものを吐《は》きだしたとたん、わたしは笑いがとまらなくなった。

「この人、よっぽどくやしかったんだ！」わたしは大笑いしながらいった。「トイレにすわってたほうがましだなんて！」

司書のシモンズ先生が心配そうな顔でこっちにやってきた。

「なにかまずいことでもあったのかな？」

わたしが笑っているのか泣いているのか、わからないようだ。

「いいえ、ぜんぜん！」わたしは金切り声をあげた。「おかしいったらないんです！　わたしたちの書いた小説に、ひどい感想をもらっちゃって！」

正気を失ったのかという目で、メイがわたしの顔をまじまじと見ている。

シモンズ先生はほっとしたようで、にっこり笑った。「なんだかおもしろそうだね」

どういうわけだか、わたしの笑いはいっそう激《はげ》しくなった。痛《いた》くなってきたおなかを組んだうでおさえつけた。

「落ち着いてよ、カリプソ」メイがおろおろしながらいう。

落ち着こうと思う。でもこれだけ激《はげ》しく笑ったあとではむずかしくて、なかなかおさまらない。五分たっても笑いがあとを引いて、なんでもないのに、またとつぜんこみあげてくる。シモンズ先生は自分の机《つくえ》にもどって、わけがわからず首をかしげている。

メイはまったく笑っていない。

「カリプソ、ほんとうにオーケイ？　すごく変だよ」

「うちのパパ、オーケイって言葉が大きらいなの」メイにうちあけた。「わたしは大好き。オーケイ、オーケイ、オーケイ！　まるでこだまみたい！」

「カリプソ……」

「ちょっと、メイ、わたしはだいじょうぶだよ。オーケイっていったでしょ？　オーケイ？」またすぐ、くすくす笑いがもれた。

「ほら、笑うしかないときってあるでしょ。でないと泣いちゃう、みたいな？　つまりはそれよ。どうってことない。だいじょうぶ。スイッチを切っちゃえばいい。その感想のことはしばらく考えないようにしよう」

「オーケイ……」メイがゆっくりといった。サイトからログアウトの手つづきをしながら、メイはちょっと心配そうな目をわたしのほうへちらちらむける。「さっきはほんとうに変だった……ちょっとおそろしいぐらい。もうふつうにもどった？」

「ふつう？」なんだか頭がみょうにぼうっとしている。「わたしは、ふつうなんてときは一度もないよ。知らなかった？　うちの家族はだれひとり、ふつうじゃないの。パパはまちがいなく異常《いじょう》。いったいだれがレモンの歴史なんて本を書く？　それにママだってふつうじゃないよ。画家で、風景や空も描《か》いたけど、目に見えないものも描《か》いてた。屋根裏《やねうら》部屋には『絶望《ぜつぼう》』っていうタイトルの絵があって、黒と赤と灰色《はいいろ》の画面に、ピンでつついたような点々がついてるの。あと『幸せ』っていうタイトルのもあって、一面黄色にぬったキャンバスの上にきらきらした粉をまきちらしてあるの。そんな絵、わたしにだって描《か》けると思うんだよね。それがむかし、国立美術館《びじゅつかん》に展示《てんじ》されて、すごい絵だってみんなにいわれてた。でもあれは完全にイカレた絵だよ」そこである考えがうかんだ。「そうだ、今日学校の帰りにうちによってかない？　遊びにきて、わたしの家を見てよ。屋根裏《やねうら》部屋にあがってママの絵を見せてあげる！」

メイはすっかりうろたえている。「今日はいいよ、カリプソ。それにどうやって行くっていうのよ？」

「わたしといっしょにバスに乗るの！」大はしゃぎでいった。ふいに、これ以上すばらしい思いつきはないと思えてきた。「そうしようよ、楽しいよ！　こっそり乗りこんで、メイはわたしの座席《ざせき》の下にかくれるの！」また笑いの発作《ほっさ》が起きそうだった。

メイがはじかれたように立ちあがり、そのひょうしにいすが勢《いきお》いよくさがってひっくりかえった。

「行かない。やめてよ。なんかすごく変だよ。あたしは教室にもどる」

え、やだ――わたしなにかまずいことしちゃったみたい。「メイ、行かないで」

わたしはかばんをつかんだ。たれていたストラップがいすの脚《あし》にひっかかって、あやうくひっくりかえりそうになった。いすの脚《あし》からストラップがはずれたときには、もうメイのすがたはなかった。胸《むね》にパニックがおしよせる。どうしてこんなことに？ メイを追いかけようとかけだすと、うしろからシモンズ先生がなにかいってきたけど、わたしは耳を貸《か》さなかった。

その日、メイはもうわたしと話そうとはせず、そのうちこっちもあきらめた。

わたしはひとりでスクールバスに乗って家に帰った。

16

家に帰ると、パパが書斎《しょさい》にいた。当然だ――そこがパパの居場所《いばしょ》なんだから。わたしのほうは、あのばかみたいな興奮状態《こうふんじょうたい》はおさまっていて、いまはたまらなくつかれていた。もしメイが二度と口をきいてくれなくなったらどうしよう？　そんなのたえられない。まっすぐ自分の部屋に行く気がしなかった。ひとりになりたくない。それで書斎《しょさい》のドアをノックした。

「どうぞ！」パパの低い声がきこえた。

ぱんぱんにふくらんだA４のふうとうが机《つくえ》の上に高い山をつくっている。パパは手もとのノートと首っ引きで、猛烈《もうれつ》な勢《いきお》いであて名を書いていた。

「ただいま」わたしはいった。「それなに？」

「これか」パパが顔いっぱいに笑《え》みを広げていう。「パパの原稿《げんこう》だ。プリントアウトして、出版社《しゅっぱんしゃ》に送る用意ができた！」

わたしのまゆがはねあがった。あんまりおどろいたんで、おでこを飛びこえて頭のてっぺんにくっついたような気がする。

「うわー、すごい」

これはもうほんとうにおどろきだった。パパにはいえないけど、まさか完成するとは思っていなかったし、ましてやそれが家から外へ出ていくなんて想像《そうぞう》もしなかった。

「やったね、パパ」

「まあな」わたしににっこり笑いかける。「これでともに作家としてデビューだ！」

「でもね」わたしはいった。「わたしたちのほうは、ちょっとまずいことになって」

パパはもう怒《おこ》っているようすも悲しんでいるようすもなく、ただ事情《じじょう》を知りたいという感じだったので、わたしはさんざんにけなされた感想のことをうちあけた。

「そりゃつらかったな、カリプソ」パパが心から同情《どうじょう》する口調でいう。「世の中には、わざわざ意地の悪いことをいうやつがいるんだ」

あんまりやさしいことをいわれたので、目に涙《なみだ》がたまってきた。いつものように、のどにこみあげてきたかたまりをごくりとのみくだす。

「あそこまで意地悪く書く必要なんてないのに。自分の好みには合わなかった、それだけでいいじゃない」

パパはかたをすくめた。

「他人に意地悪いことをいうことで、自分が気分よくなるやつがいるんだ。パパにはそういう気持ちはまったくわからないがね。他人をこきおろすことで、自分が上に立った気になるなんて。むしろ、はずべきことだ」そういって、わたしににっこり笑いかける。「夕食は外に食べに行こうか？」

「うれしいけど、なんかすごくつかれちゃって。なにも食べる気がしない」

「ばかをいうな」パパはわたしをおふろに送りだした。

おふろから出てくると、ベッドにチーズトーストを運んできてくれた。マグカップに入れたホットチョコレートといっしょに。そればかりか、わたしのベッドのわきにすわって、ホメロスの『オデュッセイア』を読んでくれる。なんだかもう一度小さなころにもどったみたい。あのころは毎晩《まいばん》パパとママが順番にわたしをベッドに入れ、本を読んで寝《ね》かしつけてくれた。ママが読むのは『クマのプーさん』とか、『もりでいちばんつよいのは？』といった本。パパはキプリングの『なぜなぜ物語』や『ジャングル・ブック』を読んでくれた。

気持ちがやわらいで、うとうとしてきて、なんだか気が楽になった。それでパパに、今日図書室で起きたことまでうちあけてしまった。わたしがおかしな反応《はんのう》をして、メイがしゃべってくれなくなったことを。パパはわかるわかるというようにうなずいて、それからわたしのつかったお皿とマグカップを下に運んでいった。

もどってくるなりパパがいった。

「メイのママに電話をしたよ。お昼休みのあと、おまえに悪いことをしたって、メイは後《こう》悔《かい》しているそうだよ」

「えっ！」それをきいて、ますます気が楽になった。

「きっとメイはちょっとおびえたんじゃないかな。おまえが――プッツンしたかと思ったって、そういってたそうだ」自分でいいながら、その言葉に首をかしげている。「なんでそんな状態《じょうたい》になったんだと思う？」

「なんでだろう」とわたし。「なにかがこわれちゃった感じで、やめたいのにやめられないって感じかな」

パパがうなずいた。「うちに遊びにくるよう、メイをさそったのか？」

思いだしてはずかしくなった。

「うん。まあね。ママの絵の話をしていて……」わたしは口ごもった。「べつにさそう必要はなかったね。先にパパに相談するべきだった」

パパは首を横にふった。「いいんだ。話はついてる。メイのお母さんが明日、車でおまえたちふたりを学校の帰りにここまで送ってくれることになった。五時にはまたメイをむかえにくる」

わたしの心臓《しんぞう》がとびはねた。メイがうちにくる！

「ありがとう、パパ。すっごいうれしい」

パパが一瞬《いっしゅん》わたしの顔をじっと見た。「それはよかった。ここんところ、おまえには苦労をかけっぱなしですまなかった。校正の仕事をもっと増《ふ》やすことにしたよ。また時間ができたからね。そうすればもう少し金が入る。食べものも買えるし――服なんかもね。おまえ、くつかなにか、ほしいんじゃないか？」

「学校へはいていくくつが、きついの」

「わかった。週末にふたりで買いに行こう」

「ありがとう、パパ」

とたんにまぶたが重たくなって、目をあけているのがつらくなった。ぼやける視界《しかい》のなか、明《あ》かりが消え、パパのすがたがドアのむこうの闇《やみ》にとけていく。

17

メイがうちに遊びにくるとなって、わたしはすっかり有頂天《うちょうてん》になった。でもまたメイをおびえさせたくないので、興奮《こうふん》を胸《むね》にかくしている。いまふりかえっても図書室でいったいなにが起きたのか、あまりよくわからなかった。プッツンしたと思ったって、メイはそういった。これまでそんなことは一度もなかった。すごく変な感じだった——おそろしいのと、ワクワクするのと、両方の気持ちがいっぺんにわきあがったような。

でも今日はもっと気分は上むきで、すごくうれしい。だって親友が家にくるんだから。メイのほうもいつものメイにもどっていて、わたしたちは仲直りのしるしに、熱烈《ねつれつ》なハグをした。

「ほんとうにごめんね」とわたし。

メイがうなずく。「いいよ。カリプソはすごくつかれてたんだろうって、ママがいってた。人ってつかれるとおかしなことをするんだって」

その日はなかなか時間がすぎなかった。早く学校が終わればいいと思っているときはいつもそうだ。スポットリン先生がようやくみんなを解散《かいさん》させると、わたしはあわてて席を立って、かばんをわすれる始末。先生によびもどされた。

「どこか楽しいところへ出かけるのかしら?」先生がにっこり笑ってきく。

「家に帰るだけです」わたしはウキウキしていった。「メイといっしょに。メイが遊びにくるんです」

先生はうなずき、ますますうれしそうな笑顔《えがお》になる。「それをきいて、先生もとてもうれしいわ。いい友だちができてから、あなたは別人のように変わったわね」

頭のなかで先生の言葉がぐるぐるまわるなか、わたしはみんなをおし分けて外に出た。別人のよう。メイに会ってから、わたしは変わった? 自分ではなにも変わったとは思えないのに、外からは変わって見えるのかな? わたしはいまだって、わたしだけど、ちょっとだけ……前より幸せ？

正直、いまはものすごく幸せだった。メイがわたしの心の穴《あな》をうめてくれた。そんな穴《あな》があるなんて自分でも知らなかったのに。

メイがわたしの手をとり、校門へと歩いていってママの車をさがす。わたしは胸《むね》が高鳴った。メイがわたしといっしょにうちにくる。メイがうちにやってくる……。

メイとクリストファーのあいだにはさまれる形で車に乗ると、心配が胸《むね》にわきあがってきた。

「うちは、メイの家みたいじゃないよ」わたしはメイにいった。「寒くないといいんだけど。それに散らかってるし。くつはぬがなくていいんだ。うちにはメイの家みたいなすてきなカーペットを敷《し》いてないから」

メイがにっこり笑う。「ぜんぜん平気。とにかくカリプソは図書室を持ってるんだから。あたしの家にはそんなのない」

「まあ、それはほんとうだけど」ちょっぴり気分が上むきになった。車がうちの前でとまると、早く見せたくてメイをおしだしそうになった。

メイのママがほほえんでいう。「じゃあ、楽しんできてね。五時にむかえにくるけど、オーケイ？」

「オーケイ！」わたしははずむ声でいった。それから玄関《げんかん》に通じる小道を、メイを追い立てて進み、ドアの鍵《かぎ》をあける。

「自分専用《せんよう》の玄関《げんかん》の鍵《かぎ》があるなんて、すごくかっこいい」とメイ。わたしたちはメイのママに手をふってさよならをした。

なんだか自分がとても大人に思える。

「パパ！」ドアをしめたとたんうす暗くなった玄関《げんかん》から、パパを大声でよぶ。「ただいま！メイがきたよ！」

答えは返ってこなかったけれど、べつにおどろかない。

「校正用の原稿《げんこう》に没頭《ぼっとう》してるんだと思う」わたしはいった。「まずなにがしたい？」

「うわあ」メイがいって、目を大きく見ひらいてあたりを見まわす。「まるで本からぬけだしてきた家みたい」

わたしもしげしげと見まわす。うちの玄関《げんかん》には黒と白の小さなタイルがもようをつくっているのだけど、もうずいぶん前からひびが入って欠けている。ゆかからおどり場へとのびる木の階段《かいだん》も、段《だん》がきれいにそろっていない。奥《おく》のかべにママの描《か》いた野原の絵が一枚《まい》かかっているので、天井《てんじょう》の照明をつけてメイに見せた。

「ママの描《か》いた絵の一枚《まい》だよ」いいながら、誇《ほこ》らしさに胸《むね》がふくらむ。

メイは絵をじっと見ている。

「あんまりよく見えないでしょ」わたしは横からいう。「うす暗くて」

「すてき。カリプソのママってほんとうに才能《さいのう》があったんだね」

ほめられて、胃に熱いものが広がる。たしかにママは才能《さいのう》があった。

「なんだか泣けてきそう。あんまり美しくて」メイがいう。

わたしはにやっと笑った。メイが口にする最大級のほめ言葉だった。

「あっちがキッチン」わたしは階段《かいだん》のむこうに広がる闇《やみ》を手でしめす。

「図書室を見せてもらえる？　カリプソ専用《せんよう》の」

「もちろん！」わたしは階段《かいだん》を一段《だん》飛ばしでかけあがる。「ついてきて！」

ちょっと息を切らしているメイをよそに、小部屋のドアをおしあけた。三面のかべを書《しょ》棚《だな》がおおっていて、どの段《だん》にもぎっしり本がならんでいる。手前と奥《おく》の二層に本がならんでいる段《だん》もある。

「これぜんぶ、カリプソの？」圧倒《あっとう》されたようにメイがいう。

「そう。ほとんどはママからのおさがりだけど――ママが小さいときに読んでた本なんだ」

わたしは自分の寝室《しんしつ》に走っていって、ベッドわきのテーブルにおいてある写真をとってくる。

メイがそれを見てにっこりする。「すごい美人。髪《かみ》がきれいだね」

「わたしの髪《かみ》も、大きくなったらこんなふうになればいいなと思ってるんだ」わたしはいった。

「カリプソはお母さんによくにてる」メイがいって写真を返してきた。

「ほんとうに？」またまた誇《ほこ》らしくなる。「わたしたちと同じように、ママは本が大好きで、山ほど集めていたの。そのなかの子どもむけの本がここにおいてある。大人の本は一階のパパの書斎《しょさい》にあるんだ。わたしが大きくなって読めるまで、そこで待ってるの」

メイが鼻をくんくんさせた。「このにおい……なんだろう？」

「ママの油絵の具。もともとここはママのアトリエだったの。パリの美術《びじゅつ》学校へ行ってたんだ」

「カリプソも絵を描《か》くの？」

わたしは首を横にふった。「あんまり。言葉のほうが好き」

メイはうなずいて、棚《たな》にならぶ本のタイトルを見ていく。「『オズの魔法使《まほうつか》い』、『ポリーの秘密《ひみつ》の世界』、『まぼろしの白馬』……きいたこともないタイトルの本もある！」

「好きなの借りてっていいよ」わたしは上きげんでいった。ゆかにすわっているメイのとなりに自分も腰《こし》をおろす。「一九八〇年とか、ずっとむかしの古い年鑑《ねんかん》もあるんだよ。ほら、ここも見て」

メイがためしに棚《たな》から一冊《さつ》引っぱりだす。「『ジュディ』だ」とメイ。「このまんが見て！　バレエのまんが！　少女まんがの雑誌《ざっし》はいろいろ読んだけど、バレエがテーマのものなんて初めて」メイはさっそくまんがのコマを目で追いはじめた。

そのときどきの気分をボトルにつめてしまっておけたらいいのに。そうしたら必要なときにふたをあけて、その気分にひたれる。いまの気分をボトルにつめたら、きっと赤やピンクやオレンジの、見ているだけでウキウキするうず巻《ま》きが、びんのなかで光るはず。メイが、わたしの家の、わたしの図書室にいる。しかもここはもとママの部屋。たぶん目に見えないふしぎな力がうず巻《ま》いてる。ママがここに、わたしたちといっしょにいるような気がしてくる——ママの本と油絵の具のにおい。きっとママもメイを好きになる。わたしたちはゆかにならんですわり、次から次へ本を引っぱりだして、そこに印刷された言葉や絵に歓声《かんせい》をあげる。そのうち時間がたつのもわすれた。

メイがそっという。「この図書室、あたしのノートパソコンと交換《こうかん》したいな」

わたしはにやっと笑った。「ここはわたしの特別な場所」

「もうひとつのほうは?」メイがきく。「パパの書斎《しょさい》になってるんだっけ?」

わたしは立ちあがった。「見せてあげる!」

メイの顔が緊張《きんちょう》する。「めいわくじゃない?」

わたしはにっこり笑った。「ぜったいだいじょうぶ。行けば、ママのほかの本も見られるよ」この部屋の本や写真や絵をメイといっしょに見たせいで、ママのものをもっと見せたくなった。「行こう!」

とびはねるようにして階段《かいだん》をおりていくわたしのあとから、メイはもっと慎重《しんちょう》におりてくる。

「パパ!」わたしは大声でいった。「入るよ、いいね?」

答えがないので、書斎《しょさい》の重たいドアをおしあけた。

「えっ!」

パパがいない。わたしはびっくりして目をぱちくりさせる。パパはいつもここにいるはずなのに。いったいどこへ行ったの？

机《つくえ》の上に山積みになっていたA４のふうとうが消えている。小さな切手帳がぽつんとおいてあって、中身はほとんどカラ。そうか。郵便局《ゆうびんきょく》に行ったんだ。

「カリプソのパパって、なにもいわずに出かけちゃうの？」とがめるような口ぶりだった。

「たぶんどこかに書きおきがあると思うんだけど」わたしはなんでもなさそうにいった。

「郵便局《ゆうびんきょく》に行ったんだと思う。原稿《げんこう》を出版社《しゅっぱんしゃ》に送るのに」

「そうか！」メイの顔がぱっと晴れた。「じゃあ、すぐにもどってくるね」

「うん、そう長くはかからないと思う」わたしは部屋のまんなかまで行って、くるりと一回転した。「どう、これ？」

メイは棚《たな》をまじまじと見る。「すごく古そう。どうして、ドアがついてるの？」

「シャッター。日ざしから本を守るためだよ」わたしは説明する。「ほら、あっちを見て」フランス窓《まど》のむこうにある温室のような場所をメイに見せる。

メイの目が大きく見ひらかれた。「あれってレモン？　あの木に実ってるの？」

「正解《せいかい》！」

鍵《かぎ》をあけ、ふたりで温室のなかに入った。むせかえるようなレモンの香《かお》りに、頭がぼうっとする。家のなかとちがって暖《あたた》かい。

メイがうっとりしたようすで、熟《う》れたレモンの実に手をのばす。

「知らなかった――いや、レモンが木になるのは知ってたけど、まさかこの国で育つとは思わなかった」

「暖《あたた》かい場所におかないといけないんだ」このときばかりは、レモンに夢中《むちゅう》のパパが誇《ほこ》らしかった。「気温が氷点下より下がると室内に鉢《はち》を移動《いどう》しないといけない。でも温室が太陽の熱をとじこめているから、この季節でもだいじょうぶなんだ。きれいでしょ?」

「すごい。うちにも温室みたいな場所があるんだ」とメイ。「そこでもレモンの木を育てられるかな?」

「できるんじゃない?」わたしはいった。「パパが帰ってきたら、きいてみればいい。レモンについてなら、なんでも知ってるんだ」

メイがにっこり笑った。「わあーうれしい!」

それから書斎《しょさい》にもどって、フランス窓《まど》の鍵《かぎ》をかけた。

「で、カリプソのパパはどんな本を持ってるの?」メイがきいて、シャッターのしまった書棚《しょだな》に目をやる。

「えぇっとね、だいたいがすごく古い本」わたしはいった。「ほら、かたい表紙にカバーがついてるような。ディケンズとか聖書《せいしょ》とか、そういった感じの本。あとは百科事典や辞書や古い地図。旅行の本や伝記もたくさんある。レモンに関する本はいくらでもあるんだ。調べ物に必要だからね」わたしはにやっと笑った。「でもママの本ほどおもしろくない。ママの書棚《しょだな》はたしかこっち。見せてあげるよ」

シャッターのいちばん下についているボルトをはずした。かんたんにはずれて、するするとあがっていったのでおどろいた。前はもっとかたかったはず。

次の瞬間《しゅんかん》、わたしののどに息がからみつき、頭のなかが真っ白になった。メイが息をのむ小さな音がきこえる。

「本はどこ？」メイがささやくようにいう。

わたしは棚《たな》をまじまじと見るだけで、いうべき言葉が見つからない。何段《なんだん》にもわたって本が――ママの本が――ぎっしりならんでいたはずなのに、いまは一冊《さつ》もない。かわりに、レモンの実がずらりとならんでいる。

上から下まで、ぜんぶレモンの実。つやつや光った、もぎたてらしいレモンがあるかと思えば、すっかりしなびて岩のようにかたくなっているレモンもある。書棚《しょだな》の中身がすべて見えるよう、わたしは次々とシャッターをあけていった。

本は一冊《さつ》もない。

ここはレモンの図書室。

18

わたしはその場に立ちつくし、シャッターをあけた書棚《しょだな》をにらみつけている。本のかわりにならぶレモンの実。ひたすらレモン。

メイが息を切らすような、おかしな声をもらした。笑いだしたいのだけど、それと同時におそろしい気もする、そんな感じの声だった。

「知ってた？」メイがそっという。

穴《あな》があったら入りたい。身の置き場がなかったから、くすくす笑って、こういってやろうかと思った。

「もちろん知ってたよ！　ここには本なんて一冊《さつ》もないの。ふざけてみただけ！　怒《おこ》らないで！」

ところが、のどはほこりでいがらっぽく、柑橘系《かんきつけい》のにおいにむせそうになって、言葉がひとことも口から出ていかない。頭が真っ白になって、考えることを拒否《きょひ》している。棚《たな》の中身を見た瞬間《しゅんかん》から、ずっとまばたきをしていない目がかわいてシバシバした。

そこで、カチッ、バタンという音がして、玄関《げんかん》のドアがあいたのがわかった。ろうかを歩く足音がきこえ、コートをかける音がする。つばを飲みこもうにも、のどがつまっててきず、メイの息づかいが早くなったのがわかる——まもなくパパが入ってきた。

自分の父親を怖《こわ》いと思ったことなど一度もなかった。それなのに、ふりかえってパパの顔を見た瞬間《しゅんかん》、胸《むね》の奥《おく》に恐怖《きょうふ》がわきあがった。どうしてパパにはこんなことができるの？　どうしてわたしはまったく気づかなかったの？　こんなおかしなことってある？

パパはシャッターのあがった書棚《しょだな》に目をむけた。むきだしになった黄色い列。メイを見たあとで、パパはわたしに目をうつす。その目に、心の内が表れていた。見つかってしまった、さてどうしようかと考えている。

しばらく沈黙《ちんもく》がつづいたあと、パパが笑顔《えがお》をつくって口をひらいた。

「やあふたりとも、お帰り。学校から帰ってきたときに家にいなくてすまなかった。いい一日をすごしたかな？」

まったく自然な口調。さっきまでのことはひょっとして夢《ゆめ》だったのかと、わたしは一瞬《いっしゅん》だまされそうになる。けれど、手をのばしてレモンにふれたら、やっぱり現実《げんじつ》だった。

「本をどこにやったの、パパ？」声がひびわれた。

「本？」パパが緊張《きんちょう》したようすでくちびるをなめる。

「この棚《たな》にならんでた本。どこにやったのよ？」

声にだんだん力がこもって、胸《むね》の内になにかかたいものが結晶《けっしょう》するのがわかる。まるで熱せられた金属《きんぞく》がとけて飛び散り、それが一か所に集まって鉛《なまり》のかたまりになっていくように。

「それは……その……つまり、もういらなくなった」

メイがその場でこおりついた。銅像《どうぞう》のようにかたまって、目だけを左右に動かしている。

「いらなくなった？」わたしはパパの言葉をくりかえした。「ディケンズや、ジェーン・

オースティンが？　シャーロック・ホームズや、トマス・ハーディが？」

エンジンをかけても、なかなか発進しない車みたいに、考えが先に進まない。

「世界地図や、何巻《なんかん》もあったブリタニカ百科事典が？　ママの本――わたしが大きくなるまでパパがとっておくっていってた本が？」

言葉をはきだすそばから、のどがつまっていく感じがして、無理やり肺《はい》に空気をすいこんだ。「ぜんぶどこにやったの？」

パパの顔が幽霊《ゆうれい》みたいにまっさおになった。

「きいてくれ、カリプソ。スペースが必要だったんだ。レモンをおくためのの」そういってうでをあげて書棚《しょだな》を手でしめす。口のはしをちょっと持ちあげて、泣き笑いのような顔になっている。「な、わかるだろ？」

「パパ、本はどうしたっていってるの」わたしのあごがこわばる。

「本は物置小屋の裏《うら》だ」

「物置小屋？」びっくりした。「庭にある物置小屋？」

「ああ。物置小屋の裏《うら》においてある」

「外に？」意味がわからない。

「箱に入れてある」自分をかばうような口調だったけど、目にはうしろめたそうな表情《ひょうじょう》がうかんでいる。

「でもそれじゃ、雨でぬれちゃうじゃない！」自分が最後に物置小屋に入ったのがいつだったか思い出せない。まして、その裏《うら》を見たなんて覚えはまったくない。

「いつうつしたの？　どれぐらいのあいだ外に出してあるの？」

胸《むね》の内にできた鉛《なまり》のかたまりがますます重たくなってきて、強い怒《いか》りにあごが痛《いた》んでくる。もう答えを待ってはいられない。

「どうしてそんなことができるの？　本がだめになっちゃう！　ママの本だよ！　わたしがもらうはずだった本だよ！」

「だが……レモンが……」パパは手で棚《たな》をさした。「パパの研究でいちばん重要なものなんだ。わかるか？　あれがもし――」

「わかんない！」わたしはどなった。「ぜんぜんわかんない！　どうして本よりレモンが大事なんてことがあるのよ？」声を思いっきりはりあげた。

「大事なのは本！　パパだって知ってるでしょ――わたしの図書室をつくるのを手伝ってくれたんだから！　本は疑問《ぎもん》と答えと友だちと魔法《まほう》を与《あた》えてくれる！　ママの本がここに

あったんだよ、パパ！　ママが大事にしていた、形見だよ！　わたしのものになるはずだった、ママの形見！　それをパパはあっさり放《ほう》りだして、雨にさらして、ネズミに食わせるっていうの？」いつのまにかさけんでいた。

「大事なのは本でしょ！　レモンなんてどうだっていい！　それなのにどうしてレモンのほうが大事だなんて……」

自分の口から出る言葉をきいて、あまりにばかげているので声をあげて笑いたくなった。けれどそれ以上に怒《いか》りのほうが強い。

手近の棚《たな》においてあるレモンをひとつつかみ、手に重みを感じる。

パパが小さく一歩前にふみだし、うでをつきだした。

「よこすんだ、カリプソ、たのむ――」

わたしはレモンを投げつけた。うでにあたって、パパがたじろぐ。そのレモンは古くてしなびていた。たぶんあざができるだろう。ざまあみろ、だ。わたしはまたレモンをつかみ、ゆかに、かべに、パパの机《つくえ》に投げつけた。ひとつはドアにあたって木の表面をへこませた――石みたいにかたいレモン。またべつのレモンはパソコンにぶつかって、スタンドの上に立つモニターがぐらりとゆれた。ぶつかった衝撃《しょうげき》でわれたレモンもあって、クシュンと小さなクシャミをしたように、灰色《はいいろ》のカビをまきちらした。

まもなく部屋じゅうが、われたレモンでいっぱいになり、くさりかけのや、完全にくさったのやら、くだものの腐臭《ふしゅう》が充満《じゅうまん》した。それでもまだ、くりかえし見る悪夢《あくむ》のように、棚《たな》の上にはいくらでもレモンがある。

メイが両手でぱっと口をおおい、部屋から飛びだした。

わたしはもうとまらない。とめようとする人もいない。次から次へレモンを投げつけ、しまいに棚《たな》がからっぽになった。それでもまだ怒《いか》りがおさまらず、もう投げるものがないので、さけぶしかなかった。

「本はどこよ！」金切り声をあげる。「どうしたのかって、きいてるんでしょ！」

もちろん、すでに答えはわかっている。それでもそうさけぶしかなかった。本を外に放《ほう》りだして、くさったレモンの実を本棚《ほんだな》にならべておくなんて、そんな人間がどこにいる？わたしは何度も何度もパパにどなった。これまで決してつかったことのない言葉をぶつけ、それでパパを切りさき、刺《さ》しつらぬく。まるで毒薬のびんのふたをあけたみたいに、わたしのなかから毒のある言葉があふれだす。呼吸《こきゅう》をとめられないのと同じように、言葉もとめられない。わたしのからだから飛びだした鋭い言葉がパパに次々とおそいかかる。パパは声ひとつもらさず、反撃《はんげき》もせず、ただいわれるままになっている。

もういうべき言葉がなくなると、わたしはその場に立ちつくしてパパをにらんだ。どういうわけか、パパのからだがひとまわり小さく見える。ちょっと黄色く、しなびたようで、あのいまいましいレモンみたいだ。パパはずっとゆかに目を落としていたけれど、こっちが静まったとわかると、わたしをちらっと見あげた。目がおびえている。わたしを怖《こわ》がってるんだ。自分でも、自分が怖《こわ》い。

「ほんとうにすまない、カリプソ」ささやくようにいう。「自分がなにをしているのか、わからなかった」

まるで肺《はい》から一気に空気をすいだされたようだった。からだがぐらりとゆれて、わたしはゆかにぺたんとすわった。

いったいパパはなにをいってるの？　自分のしていることがわからないなんて、そんなことがあるだろうか？

パパもゆかにすわった。まわりにはレモンがぐちゃぐちゃになって転がっている。五メートルの距離《きょり》をおいて、ふたりでなにもいわずにすわっていると、ドアのベルが鳴った。

メイはそれを待っていたんだろう。バタバタと玄関《げんかん》にむかう足音がひびいた。いま何時？　ママがむかえにくるには早すぎる時間なのはまちがいない。

玄関《げんかん》でくぐもった話し声がする。行ってメイに話をしないといけないと思うのに、からだがたまらなく重く感じられて動くことができない。だいたい、この状況《じょうきょう》をどう説明すればいいの？

メイのママが入ってくるのが足音でわかったけれど、わたしは首をまわして顔をむけることができない。

「あらあら」メイのママが親しみのこもった声でいう。「これは大変。とにかくかたづけましょうね」

メイのママが、うちのパパにむかってかがむのが、目のすみに見えた。

「こんにちは。わたくし、メイの母親のアイコと申します。お手伝いにまいりました」

なにごともなかったようにいう声がなんだかみょうだった。まるでこういうことはしょっちゅう起きるとでもいう感じ。

パパがなにかぼそぼそいってる。わたしはゆかに落ちているレモンの一個《こ》をにらんだ。われてない――古くもないし、しなびてもいない。まったくの無傷《むきず》。つやつやした黄色の皮のなかに新鮮《しんせん》でみずみずしい果汁《かじゅう》がつまっているとわかる。みごとなレモン。

それからしばらくして、メイのママがわたしのところへやってきた。

「こんにちは、カリプソ。ねえ、今夜はうちにこない？　メイといっしょにお泊《と》まりするの」

メイのママに顔をむけたら首がぼきっといった。からだがこわばって痛《いた》い。なんだかぐったりだ。

「レモンの図書室」わたしはいった。

自分の顔に涙《なみだ》が流れているとわかってびっくりした。まさか泣いているとは思わなかった。

「パパが本をすてちゃったの」わたしは声をおし殺すようにしていった。

「そうみたいね」メイのママがやさしくいう。「でも心配しなくてだいじょうぶ。見つけだして、直しましょう」

「パパはなおせる？」わたしはきいた。いったいパパはどうなっちゃったんだろう？

一瞬《いっしゅん》、相手は言葉につまった。それから、「一度にひとつずつね」といったけれど、それは答えになっていない。

メイのママに助けおこされるままに立ちあがり、パパの横を通ってドアへむかった。ドアの前にメイが心配そうな顔で立っている。

「カリプソがうちにくることになったわ」メイのママがいう。「お泊《と》まりに必要なものをいっしょに用意してくるわね」

「わたしも行く」メイがすかさずいった。

そりゃそうだろう。書斎《しょさい》のゆかにはまだパパがすわっている。頭がおかしくなった人とふたりきりで、レモンくさい部屋にだれがいたいと思うだろう？

わたしにかわってメイのママが必要なものをかばんにつめてくれる。わたしはベッドに腰《こし》をおろしているだけで、なにもしない。メイのママは手を動かしながら陽気におしゃべりをしている。その声に、わたしの心はふしぎとおだやかになって、頭のなかにあった、とげとげしい考えの角《かど》がだんだんにとけて消えていく。

かばんにつめ終わると、わたしたちは階段《かいだん》をおりて玄関《げんかん》の外へ出た。それから車に乗りこむ――かっこよくってあったかくて、ビスケットのにおいがする車。いつでも一回でエンジンがかかって走りだす。わたしはシートベルトをしめた。

メイが反対の窓《まど》側にすわり、心配そうに、横目でわたしをちらちら見る。

メイの家へむかう道すがら、雨がふりだした。

19

いまの気分を人に説明するのはむずかしい。なぜって自分で自分がよくわからないから。頭にくるやら悲しいやら。笑いとばしてやればいいと思ういっぽうで、たまらなくおそろしい。パパのことは考えたくない。パパが書斎《しょさい》で仕事をしている最中にわたしもいっしょにいて、そのときシャッターのしまった棚《たな》にはレモンがずらりとならんでいた。そんなことを想像《そうぞう》したくなかった。パパの頭はどうなっているのか、それも考えたくない。だってぜったい正常《せいじょう》じゃないはずだから。

本は……本のことを考えると、胸《むね》の奥《おく》がものすごく痛《いた》くなって、息ができなくなる。ママの本をすてるなんてことが、どうしてできたんだろう？　そんなことを思いつくこと自体信じられない。パパはなにも感じないの？

メイのママとパパはとてもやさしかった。パパはレーシングカーかおもちゃの汽車で競争をしようとクリストファーを二階へ連れていった。ママはわたしにホットチョコレートをつくって、「ソファにすわって映画《えいが》でも観《み》たらどう」といってくれた。メイは『アナと雪の女王』を観《み》たがった。わたしは観《み》たことがなかったので、メイがＤＶＤをセットして、ふたりそろってソファにゆったり腰《こし》をおろした。ホットチョコレートはあったかくて、のどをなめらかにすべり落ちていって、映画《えいが》もおもしろかったけど、へとへとにつかれていたので半分も観《み》ないうちに眠《ねむ》ってしまった。

朝、ふかふかのベッドで目をさました。そこはお客さん用にとってある、ふだんはつかわない部屋だった。かけてもらった羽毛《うもう》入りのキルトには青い花もようが入っている。引き出しがずらりとならんだ白いチェストには取っ手部分に丸いノブがついていて、水色のカーペットのすみに、パイン材のタンスがおいてあった。ベッドのそばにおいてあるランプには白いかさがついていて、葉っぱが描《えが》かれている。外ではまだ雨がふっていた。窓《まど》をたたく雨音がきこえる。

ドアがおしあけられ、黄色いパジャマすがたのメイがあらわれた。

「おはよう」メイがいう。「よく眠《ねむ》れた？」

「うん、ありがとう。まだ雨がふってるんだね？」

「そう、天気予報《よほう》じゃ、今日は一日じゅう雨だってさ」

これじゃあ老人の会話だ。

それからふたりで制服《せいふく》に着がえた。わたしのなかに、まったくちがう人間がふたりいる気がする。ひとりはいつもと同じわたし——メイの家にお泊《と》まりをしたんでウキウキしている。もうひとりは、わたしにむかってどなっている。ガラスのむこうからさけんでるみたいに、声はきこえない。きのうのことを思い出せとさけんでいるのだけど、わたしは耳を貸《か》したくない。なにも起きなかったと、そう思っていたかった。

ランチタイムの直前に、担任《たんにん》のスポットリン先生がわたしのところへやってきた。

「チャイムが鳴ったらすぐ、ジルクス校長先生のところへいっしょに行くから、いいわね？　あなたに会いたいっていう人たちがきているの」

「だれですか？」

スポットリン先生はわたしのうでに片手《かたて》をのせて、やさしい顔を見せる。

「心配ないわ。悪いことじゃないの。わたしもいっしょに行くから」

「ランチは？」

「食堂の調理師さんたちがあなたの分をとっといてくれるわ」

わたしたちは校長室に行ってドアをノックした。ジルクス校長先生がドアをあけた。

「いらっしゃい、カリプソ。どうぞなかへ」

スポットリン先生がいっしょでよかった。緊張《きんちょう》しておなかが痛《いた》くなりそう。校長室には女の人がふたりいた。ひとりは背《せ》が高くて、白髪《しらが》交じりのふわふわした茶色の髪《かみ》。つるの部分が変わったデザインのめがねをかけていて、わたしににっこり笑いかける。もうひとりは背《せ》が低くてずいぶん太っている。青白い顔をして、目のまわりに細かなしわがたくさんよっている。この人も笑いかけてきたけど、わたしの心の内を見透《みす》かそうとするかのようなまなざしだ。

ジルクス校長先生はわたしたちのいすも用意していて、みんなでなんとなく丸くなってすわった。

「さてと、カリプソ」校長先生がいう。「こちらの方々はソーシャルワーカーです。きのう、おうちでなにかあったらしいわね？」

わたしはうなずいた。

「あなたがだいじょうぶかしらと心配してね。なにか力になれることがあればと、おっしやっているの」

これをきいて、ますます緊張《きんちょう》した。もしだいじょうぶじゃないと思われたら？　そうしたらどうするつもりだろう？　わたしをうちから連れ去る？　たぶんわたしは、だいじょうぶじゃない。病院かなにかに行く必要がある。自分でもよくわからない、この心のもやもやをとってもらうために。

「わたしはアントニア」背《せ》が高くて、おかしなめがねをかけているほうがいった。「そして、こちらは同僚《どうりょう》のセアラ。どうか不安にならないでね、カリプソ。ほんとうはおうちのことに首をつっこみたくはないんだけど、あなたとあなたのお父さんが、つらい時期を乗りこえるお手伝いができるんじゃないかと思ったの」そこでちょっと口をつぐんだ。「わたしたちがふだん、どんなことをしているか、少しお話をするわね」

アントニアが話してくれたのは、父親が最近交通事故《じこ》で亡《な》くなって、母親がひどく打ちひしがれて三人の子どもの世話ができなくなった一家のこと。アントニアが手をまわして、母親が医者に相談するようにしたら、だんだんにぐあいがよくなった。三人の子どもは特別に、テーマパークに日帰り旅行をしたらしい。

いったいなにがいいたいの？　わたしをテーマパークに送りたい？　ああいうところの

乗り物は好きじゃない。

アントニアがいう。「でももちろん、ご家庭によって事情《じじょう》はさまざまにちがうわけで、わたしたちの支援《しえん》のしかたもひとどおりではないの。あなたのご家庭で、わたしたちがなにか力になれないかしら？」

わたしはくちびるをなめた。「家庭」という言葉がなんだかしっくりこない。

「うちはわたしとパパだけです」

アントニアがうなずいた。「おじさんやおばさん、おじいさんおばあさんはいないの？」

「祖父母《そふぼ》はいますけど、オーストラリアで暮《く》らしてるんです。もう何年も会ってません」

もういっぽうの女性《じょせい》、セアラが首をちょこんとかしげた。すいこまれそうな青いひとみをしている。

「本が好きだってきいたけど」セアラがいった。

わたしはびっくりした。「はい」

「『マチルダは小さな大天才』は読んだ？　あれ、わたしの愛読書なの」

子どものために書かれた本が大人の愛読書だなんて、ますますびっくりした。

「はい、読みました。わたしも大好きです。でも、『ぼくのつくった魔法《まほう》のくすり』のほうがもっとおもしろい」

セアラがうふふと笑った。「そうよね。それと、『アッホ夫婦《ふうふ》』」

わたしはにやっとする。「それもいいです」

「いまはなにを読んでるのかしら？」

「『穴《あな》』です。メイから借りて。これがすごくおもしろくて。わたしたちよく本を貸《か》しあいっこするんです。『アンネの日記』もメイから借りて」

その場にいた全員が「まあ」と声をそろえていった。

「すばらしい本よね」セアラがうなずきながらいう。「あなたはどう思った？」

「よかったです」とわたし。「とても悲しくなりました。でもメイみたいに泣くことはなかった。メイはなんでもすぐ泣くんです」

セアラはスポットリン先生にちらっと目をやった。

「メイはカリプソの親友なんです」と先生が教える。

「まあ、それはいいわね」とセアラ。

アントニアは眼鏡《めがね》を少し、ずりあげた。

「ねえカリプソ、きのうなにがあったのか、話してもらえないかしら」

20

「で、どんなふうに話したの？」ちょっと間をおいてから、メイがきいた。わたしたちは食堂にふたりきりですわっている。みんなはもう教室にもどっていたけど、わたしは昼休みがなかったので、メイといっしょに三十分、ここで食事をしていいことになった。

わたしはかたをすくめた。「あったとおりに。でも、なんだかよくわからない、だってそうでしょ？」

メイがうなずいた。「ソーシャルワーカーのふたりは、なにをしようっていうんだろ？」

「パパと話をするって」そのことを考えると胃がもやもやする。「これからまっすぐうちにむかって、パパに会うっていってた。学校にくる前に、電話でパパと話したらしい」

わたしはポケットのなかの小さな四角い紙をいじる。アントニアの名刺《めいし》で、電話番号が書いてあった。「必要なときには電話をかけてちょうだい」と、親切にいってくれた。でも必要かどうか、どうしてわたしにわかるだろう？　それに電話をかけたところで、なにをしてくれるっていうんだろう？

家に帰りたいような、帰りたくないような気分。メイの家にもう少し長くいられないかな。でもわたしなしで、パパはどうやって生活していく？

「ソーシャルワーカーの人たちは……」メイがためらいがちにいう。「カリプソのパパが、どこかおかしいって思ってるの？」

「わからない」

それ以上メイはきかなかった。

21

家に帰ると、パパは書斎《しょさい》じゃなくて居間《いま》にいた。おかしい。なぜってそこはめったにつかわない部屋だから。家の正面から見て、玄関《げんかん》をはさんで右側にある部屋で、左側にあるパパの書斎《しょさい》とおそろいの大きな出窓《でまど》がついている。こっちの部屋の窓辺《まどべ》にも木が一本植わっていて、冬になって葉がぜんぶ落ちても、室内に影《かげ》を落とす。なんだかうちには影《かげ》がたくさんある気がする。

今日はメイのママといっしょに帰ってきた。ついていってあげるわといわれて、断《ことわ》る勇気がなかった。この居間《いま》にはウィリアム・モリスのデザインしたグリーンのもようがついたソファがひとつと、それとおそろいのひじかけいすがひとつ、それに大きなうす緑と白のクッションがつぶれていくつか転がっている。カーテンはうす緑で、かべ紙はもようの入ったクリーム色。暖炉《だんろ》の上で、パパとママが「汽車時計」とよんでいた時計が静かに時をきざんでいて、その両側に湖水地方の絵が一枚《まい》ずつかかっている。部屋のなかはほこりっぽくて、テレビがあるけれどめったに観《み》ることはなかった。それがいまはついていて、オオカミ人間が出てくる子どもむけのドラマがうつっている。音量をごくごく小さくしているので、登場人物たちがしんとしたなかでひそひそ話をしているように見える。

ママはこの部屋が好きだった。夜、わたしがベッドに入ったあと、ここでスケッチをしたり本を読んだりしていた。書斎《しょさい》のシャッターの奥《おく》にしまってあった本を。

パパもここで読書をするときがあって、ふたりともそれぞれの仕事に没頭《ぼっとう》していた。きこえるのは規則正《きそくただ》しい呼吸《こきゅう》の音と、ページをめくる音だけ。遊ぶならほかでやれと、パパに追いだされたことを覚えている。わたしのブロックやおもちゃの車、人形なんかが「さわがしい」といわれて。そういうときママがわたしにやさしい顔をむける。そうしてわたしといっしょに居間《いま》を出て、キッチンでおもちゃの汽車をいっしょに走らせたり、庭で絵を描《か》いたりする。

ママはいつでも、ごっこ遊びがパパより上手だった。メイの家にある秘密基地《ひみつきち》にママが入ったら、もう大興奮《だいこうふん》だろう。かべに絵を描《か》いて、わたしたちといっしょにすわって、おかしな詩をつくって、くすくす笑ったかも。まるでママが死ぬと同時に、わたしたちの毎日から、おもしろおかしいことが消えてしまったようだった。生活がゆかいじゃなくなったかわりに、いまはパパ自身がすっかりおかしくなっている。

パパはソファの横に立っていて、まるで自力では立っていられないかのように、ソファの背《せ》に手をおいている。すごくつかれた顔。

「カリプソ」パパがいう。

「ただいま、パパ」口のなかで舌《した》が重たく感じられる。

パパはメイのママに目をむけた。

「すぐに、おいとましますから」メイのママがいう。「カリプソが心細そうだったのでついてきました」

「こちらはだいじょうぶです」とパパ。それからわたしにむかっていう。「テレビでも観《み》ようか」

「あっ、うん」

パパがひじかけいすに腰《こし》をおろしたので、わたしも少ししてから、かばんをゆかにおいて、コートをぬいだ。

「あの……」メイのママにいう。

メイのママはわたしを安心させるように、にっこり笑った。「だいじょうぶそうね。わたしの電話番号、知ってるわよね。なにかあったら連絡《れんらく》してちょうだい」

それだけいって帰っていった。

わたしはソファに腰《こし》をおろした。パパがテレビの音量をあげ、ふたりしてテレビを観《み》る。

画面にはふたりの人がうつっていて、どっちのいうことが信用できるか、言い争っている。

それから家族のそろう場面に切《き》り替《か》わり、そこでなにかして遊ぼうとする子どもたちのあいだに、父親がわって入る。

パパがいう。「外でかってに遊べといってやればいいじゃないか?」

「さあ、どうかな」とわたし。「初めて見る番組だし」

わたしたちはさらに先を観《み》ていく。すると登場人物の何人かがオオカミ人間に変わった。見なくても、パパがまゆを大きくつりあげているのがわかる。

「なるほど」エピソードが終わってパパがいう。「つまり……教訓にしろということか」

音を完全に消してから、わたしにいう。「カリプソ、話がある」

わたしはなにもいわなかった。パパと目を合わせるのがむずかしい。

「ソーシャルワーカーが今日パパに会いにきた。おまえも会っただろ」

「うん、学校で」

「どう思う?」

わたしはとまどった。「どういう意味?」

「ソーシャルワーカーはたよりになると思うか?」

「うん……たぶん」

いい答えではなかったのが自分でもわかる。テレビがちらちら光り、画面にべつの番組の予告編《よこくへん》がうつしだされた。

「いい人たちだったし」適当《てきとう》に言《い》い訳《わけ》する。

パパがうなずいた。「カウンセリングを受けるようすすめられた」

「カウンセリング？」

「あの人たちは……パパがだれかと話をしたほうがいいと考えている。おまえのママのことをな」そこでごくりとつばを飲んだ。

わたしはなにもいえない。それだからパパはここにいたの？　ママの好きな部屋だから？　ママのことを考えていた？　ママの本を放《ほう》りだしたことを後悔《こうかい》しているの？

パパが先をつづける。

「まあ、そうかもしれない。ずっと――心に鍵《かぎ》をかけていた。だれも傷《きず》つかないように。わかるか？」

あまりよくわからない。

「たぶん、そろそろだれかに話すべきなんだろう」

涙《なみだ》が出そうで、のどがしめつけられるように痛《いた》い。どうして話すのは、わたしじゃだめなの？　どうしてこんなことになってしまったの？

「ちかぢか話しあいを持つことになる」パパがいう。「ひとつの部屋にみんなが集まって、これからどうするか計画を練るんだ」

「わかってる。たしかそんなことをいってたよ」

パパがひざに両ひじをついて、わたしのほうへ身をのりだした。

「カリプソ、ほんとうにすまなかった。本のこと——いやすべてのことに対して。パパは……自分かってだった。おまえのめんどうをちゃんと見られなかった」

わたしはひざの上で両手をかたいこぶしににぎった。パパがこういうふうに話してくれて、ほんとうは喜ぶべきなんだろう。その言葉をきいて、ほっと安心していいはずだった。なのにおそろしい。パパはこういうことをいう人じゃない。それにこんな声、きいたことがない——弱々しくて、自分で自分がわからなくなっている声。しかもわたしたちは居間《いま》にいる。ママの部屋といってもいい部屋に。それもおかしい。

まるで崖《がけ》のへりに立っていて、あとは落ちるしかないという気分だった。

レモンなんか、見つけなければよかった。

22

なんでもない顔をしていても、メイにはわたしの気持ちがわかるらしい。

「だいじょうぶ?」ときいてきた。

「だいじょうぶ」

「ちがう、だいじょうぶじゃないよ」

「だいじょうぶじゃないってわかるなら、どうしてきくのよ?」とげとげしい口調になった。

メイは小さくため息をついた。「あたしたちは親友でしょ。つらいのはわかるって。心のなかにあることをぜんぶはきだしちゃいなよ」

わたしは目をさっとふいた。授業《じゅぎょう》中で、棒《ぼう》グラフを描《か》いていた。わたしはほぼできあがっていて、あとは色をぬるだけだった。

「なんだかいろいろ変わっちゃって。わたし、変わるのってイヤなんだ」

「悪いほうに変わったの？」メイが自分のグラフを描《か》きながらいう。

「わかんない。たぶん悪い」

「変わらないものなんてないんだよ」とメイ。「あまり長いこと変化のない生活をするのはよくないって、ママがいってる」

「どうして？」

メイは言葉につまった。「うまくいえないけど。ずっといまのまんまじゃなくて、変わるんだと思えば楽しくない？」

「そうかな？　この先どう変わればいいのか、いまのわたしにはわかんない。パパは変わるのかな？　わたしも変わることになるのかな？」

メイがにやっと笑う。「カリプソは変わらないで。それはあたしがイヤ！」

メイの言葉に心がなごんだけれど、そこでアントニアが口にしたことを思い出した。

「わたし、〈大人を世話する子どもの会〉に参加することになるかも」

「なに、それ？」

「親のめんどうを見なくちゃいけない子どもたちが集まる会」

メイがわずかにまゆをよせた。「めんどうを見るって、どうやって？」

「うーん――わたしもよくわからない。料理をしたり。洗濯《せんたく》をしたり。親がちゃんとごはんを食べて、着がえもするようにさせるとか」

メイがわたしの顔をまじまじと見た。「カリプソは、パパのためにそれをやらなくちゃいけないの？」

わたしは一瞬《いっしゅん》ためらった。

「うちでは自分の夕食はたいてい自分でつくるんだ」小さな声でそっといった。「パパは仕事がいそがしすぎて、食べるのをわすれちゃうの」

いったそばから、疑念《ぎねん》が胸《むね》をよぎる。パパはほんとうに仕事をしていたの？　そのふりをしているだけだったとか？

「それと洗濯機《せんたくき》をまわして、洗濯物《せんたくもの》を干《ほ》す。それからパパにお茶をいれる。でも着がえさせたりとかはしなくていい。つまり、病気じゃないから。といっても――ようすがおかしいにはちがいないんだけど」

メイはなんといっていいかわからないようだった。

「カリプソはなんにもいってくれないから。それって大変でしょ？　なんでもかんでも自分でやるって？　あたしなんて、料理のしかたも知らない」

「わたしだって、どっこいどっこい。料理といったって、たいていはオーブンや電子レンジで温めるだけ。でも卵料理《たまごりょうり》ならなんとか——スクランブルエッグとか、ゆで卵《たまご》とか。それにオムレツにすれば、あまった食材をなんでもつかいきれる」

「すごい」メイは青い色鉛筆《いろえんぴつ》をとりあげて、グラフをぬりはじめた。「それじゃあカリプソは、同じようなことをしている子たちが集まる場所に行くんだ。それはおもしろいかも」

「うーん」わたしは知らない人に会うとちょっと緊張《きんちょう》するタイプだ。でも行きたくない気持ちをどうやったらわかってもらえるだろう？

「本はどうなった？」メイがきく。

どの本のことをいっているのか、わかっている。書斎《しょさい》においてあったママの本。パパがレモンをならべるために棚《たな》からどかした本だ。物置小屋の裏《うら》にあるって、パパはそういっていた。

わたしはおそろしくてまだ見ていなかった。見られない。そんなところに本がおいてあると考えるだけで、心がつぶれそうになる。だからといって、ずっと見ないでいるなんて、正気じゃない。外におきっぱなしにすればするほど、本はどんどん傷《いた》んでいく。すでにもう数か月は放置されたままじゃない？　あそこにあったレモンの状態《じょうたい》から考えれば……レモンがあんなふうになるには六か月以上はかかるはず。

わたしに、その状態《じょうたい》の本とむきあえる強さがあるかどうか、まだわからない。

メイはくちびるをかんで、なにもいわない。

23

パパが前より家事をやるようになった。ある日わたしが家に帰ってくると、寝室《しんしつ》に掃除《そうじ》機《き》をかけていた。最後にパパがそんなことをしたのはいつだったか、思い出せない。それに冷蔵庫《れいぞうこ》には食料品が入っていた。山ほどのインスタント食品で、あまりからだにいいとはいえないけど、毎日食べるものの心配をせずにすむことを思えばありがたい。

でもパパはちょっとぼうっとしているようだった。部屋から部屋をわたり歩き、ある場所からものをうつして、またそれをもとにもどす。本を書き終えたので、なにをしたらいいのかわからないみたいだった。このあいだ、パパがパソコンを立ちあげたとき、ある出版社《しゅっぱんしゃ》から新しいメールが三通届《とど》いているのをわたしは見ている。新しい原稿《げんこう》の校正をお願いしたいという仕事の依頼《いらい》だった。それなのにパパはため息をつくだけで、返事も送らずにパソコンの電源《でんげん》を切ってしまった。

学校から帰ってくると、いっしょにキッチンに入って、パパがマグカップにお茶をいれてくれる。そうして学校はどうだったかとわたしにきく。

「別になにも」

そういうと、あとはしんとなって、気まずい感じでふたりしていすにすわっている。

「それでパパは、今日なにをしたの?」

パパはひとつ息をすった。それだけでも努力がいるというように。

「バスルームを掃除《そうじ》した。だが、洗剤《せんざい》が切れていたんで、店に行った。どの香《かお》りのものを買えばいいのかわからなかったんで、ラベンダーのを買ったけど、それでよかったかな」

わたしはかたをすくめた。「問題なし」

パパがいう。「そうか、迷《まよ》ったんだ。ひょっとしてレモン……」

わたしはくちびるをかんで、お茶をにらむ。わざと両手でマグカップを包《つつ》んでやけどしそうな熱さにたえる。

「すまない」パパがいう。「その言葉は口にするまいと思っていたんだが。ああ……それから、家に帰ってきて、なにかスープをつくろうと思った。ジャガイモとネギをつかった、うまそうなレシピを見つけたんだ。だがフードプロセッサーがこわれていたのをわすれていた」

まったくおかしい。ふだんのパパとぜんぜんちがう。

「あったまったか？」パパがきく。「今日は外が寒かったじゃないか。おまえはたぶん手《て》袋《ぶくろ》をしていかなかったんじゃないかと思ってね」

パパが天気の話をしたのはいつ以来だろう？　この人はいったいだれ？　どうやって会話をつづければいいのかわからない。

わたしはふいに立ちあがり、お茶が少しこぼれた。

「宿題をしなくちゃ。早めにやってしまったほうがいい」

「おお、そうか」パパは一瞬《いっしゅん》がっかりした顔になったけど、すぐ笑顔《えがお》をつくった。「夕食はフライドチキンとポテトでいいかな？」

「うん」

わたしは自分の部屋に走っていって、かべをにらんだ。ある日学校から帰ってきたら、ここが寝室《しんしつ》の三つあるふつうの家に変わっていて、ちゃんとした庭があって犬が一匹《ぴき》待っている、なんてことになるんだろうか？　下にいる人が、会ったこともないような別人になってるんだから、ほかのものもぜんぶ変わったってふしぎじゃない。

なにもかも変わったら、わたしも変わるの？

パパがもうもとのパパじゃないなら、わたしは何者？

24

大人を世話する子どもの会は、近所の家庭支援《しえん》センターでひらかれ、そこは暖房《だんぼう》がガンガンにきいていた。これはうれしい。十一月の二週目にもなると、夜はぐっと冷えこんできて、わたしは寒いのが大の苦手だった。すぐには入っていけず、ドア口に立っている。パパに車で送ってもらったのだけど、なかには入らずに帰ってもらった。いっしょについていくといったけれど、ほんとうはいやなのに、無理しているのがわかって、なんだかしゃくにさわった。おかしなことだと自分でも思うのだけど、こればっかりはどうしようもない。

部屋のなかには大人がふたり——男の人と女の人がひとりずつ——と子どもが三人いる。テーブルがひとつあって、そこに塗料《とりょう》や筆が用意してあった。一瞬《いっしゅん》、まわれ右をして帰ろうかと思った。絵なんか描《か》きたくない。絵を描《か》くのはママの仕事だ。

でももう遅《おそ》い。女の人に見つかってしまった。「いらっしゃい！」陽気にいって、まっすぐこちらへやってくる。「カリプソね？」

わたしはうなずいた。

相手はにっこり笑う。思った以上に若《わか》くて、長い茶色の髪《かみ》をうしろで一本の三つあみにしている。「わたしはアビー。さあ、なかに入って」

笑い返すと、アビーはわたしを部屋のなかに案内した。

「この人はラージ」

紹介《しょうかい》された男の人が、わたしにむかって歯を見せて笑った。アビーよりちょっと年上に見えるけど、そうはなれてはいないだろう。

「やあ、カリプソ。いまはちょっととまどっているかもしれない。でも心配ないよ。みんなと同じことをすればいい、わかるね?」

わたしはうなずきながらも、いったいなにをいっているんだろうと思う。みんなと同じこと? いったいここで、なにをするっていうんだろう?

「まだ全員そろってないの」アビーがわたしにいう。「あと三人、じきにくるから」

アビーはすでにきている三人にわたしを紹介《しょうかい》する。レジリアとクリスタルという女の子は、たぶんわたしよりちょっと下。ずいぶん前から知りあいのようだ。なぜって片方《かたほう》がもう片方《かたほう》の髪《かみ》をととのえてやっているから。わたしの知らないロックバンドのことを興奮《こうふん》してしゃべりながら、その合間に、こちらににこっと笑《え》みをむける。三人目は男の子で名前はリース。窓《まど》によりかかってスマートフォンに目を落とし、両方の親指をせわしなく動かしている。顔をあげもしない。

「ここにくる子たちはみんな家族の世話をしているの」アビーがわたしに教える。「家にいるときは、ほんとうなら大人がやるべきことを自分でやらなくちゃいけない。料理とか掃除《そうじ》とか、ママやパパに薬をちゃんと飲ませたり、とかね。ここではそういうスイッチはぜんぶ切って、子どもの時間を楽しむの」

「なるほど」

まるで納得《なっとく》したようにあいづちを打ったものの、ほんとうはよくわからない。スイッチを切る？　いったいどうやって？

ラージがかべにかかった時計に目をやり、「そろそろ始めようか」というと、アビーがうなずいた。

「そうね。やっているうちにほかの子たちもくるでしょう」

これにはちょっとおどろいた。遅刻《ちこく》している子がいるのに、気にしていない。学校だったらそんなわけにはいかないのに。

みんなで大きなテーブルを囲んですわると、アビーがこれからなにをするのか、説明を始めた。

「今日は写真を入れる木のフレームを用意しました」そういってひとつをかかげてみせる。

「それから、さまざまな色の塗料《とりょう》。これをつかって、自分の好きなデザインの写真立てをつくります。自分用でもいいし、だれかへのプレゼントでもいい。ちかぢか誕生日《たんじょうび》をむかえるお友だちや親戚《しんせき》がいないか、考えてみて」

レジリアとクリスタルが歓声《かんせい》をあげ、真っ先に筆と塗料《とりょう》に手をのばした。リースはあいかわらずスマートフォンに夢中《むちゅう》。

「リース、それはしまおう」ラージがやさしく声をかける。

一瞬《いっしゅん》、リースは無視《むし》するんじゃないかと思った。だって話をきいているようすもなかったから。ところがまもなくスマートフォンをポケットに入れ、テーブルをまじまじと見た。

「オレ、そういうの苦手」リースがぶっきらぼうにいう。

「だれにでもできるわよ」アビーがいう。「なんならぜんぶ青くぬったっていいんだから。べつにもようを入れる必要はないのよ」そこでわたしに笑顔《えがお》をむける。「どうしたいか、決まった？」

「ええっと……」〝家に帰る〟というのはだめかしら。

びっくりするほど長い三つあみをたらした女の子が部屋にかけこんできた。

「ごめんなさい！　ママが薬をゆかにばらまいちゃって。ネコが食べちゃう前にぜんぶ拾わなきゃいけなかったんです」

レジリアとクリスタルがくすくす笑っているのを見て、その子がにらみつけた。

「笑いごとじゃないの！　このあいだ、実際《じっさい》にネコがひとつ食べちゃって、獣医《じゅうい》さんのところへ連れていってポンプですいだしてもらったんだから。九十ポンドもとられたのよ！」

レジリアとクリスタルはたちまちまじめな顔になった。

「ええっ」とレジリア。「そんなにとられるんだ」

「それだからパパが、うちではペットは飼《か》えないっていうの」クリスタルがいう。「すごくお金がかかるから」

「さあ、ここにすわって」アビーがいう。「カリプソに紹介《しょうかい》するわね。カリプソ、この子はリーナ」

リーナは「ハ～イ」とわたしにいって、テーブルの前にすわった。「さて、なにをすればいいんだろう？」

それから二十分間、わたしは写真立てのフレームに色をぬった。そのあいだにもうふたり、男の子が加わった。タイラーと、あとのひとりは名前がききとれなかった。このふたりはふざけてばかりいて、塗料《とりょう》の入っている容器《ようき》をふたつたおして、クリスタルをおこらせた。

「やだ、洗《あら》わなくちゃいけない！」クリスタルが声をはりあげ、自分のスカートについた大きな赤いしみに目をみはっている。「明日までにかわかない！　どうしてくれるのよ！」

男子ふたりがあやまり、塗料《とりょう》が乾《かわ》いてかたまったら、はがしてあげるとアビーが約束した。

わたしがフレームにぬるのに選んだのは黄色。全体をそれでぬりつぶし、でこぼこした部分には塗料《とりょう》をぬり重ねてなめらかにした。さらに、きらきらした粉がおいてあったので、それをできるだけまんべんなく黄色の表面にふりかけた。

「すてきねえ」とアビー。「日ざしとか、幸せを表現《ひょうげん》しているみたい」

わたしはその場でかたまった。幸せ――ママの描《か》いた絵。国立美術館《びじゅつかん》に展示《てんじ》された一枚《まい》。あれも一面黄色にぬりつぶして、上からきらきらした粉をふりかけてあった。急に寒気をおぼえた。知らないあいだにママと同じことをしていた。

「色をぬるのって大好き、あなたは？」レジリアが楽しそうにいう。

自分が声をかけられたのだと気づいて、「えっ」といった。「まあね。でも読書のほうが好きかな」

レジリアがふしぎそうな顔になり、「読書？」とオウム返しにした。「本を読むのが好きなの？」

「そう。あなたは？」

レジリアは首を横にふった。「なんのために本なんか読むの？」

わたしはこまってしまう。いままでだれもそんなことをきいてこなかった。なんのために本を読む？

アビーがわたしを見ている。助け船を出してくれるのかなと思ったけど、なにもいわない。かわりに、はげますようににっこり笑った。

わたしはレジリアに説明する。

「本にはたくさんの魅力《みりょく》があって、現実《げんじつ》には行くことのできない場所に行けたり、自分以外のものになれたり、現実《げんじつ》にはやらせてもらえないこともできちゃう」

レジリアは自分の写真立てを食い入るように見つめている。

「べつにそういうことは本を読まなくてもできる」レジリアがいった。「友だちの家に遊びにいって、DSをやればね」

「あっ、わたし一度もやったことないんだ」

「DSをやったことがない？」とレジリア。信じられないという口ぶりだ。

「うん」わたしはいった。

「Xbox《エックスボックス》は？」

「やらない」

「Wii《ウィー》は？」

わたしはちょっと緊張《きんちょう》してきた。どれも初めてきく名前のゲームだった。まるでかってにでっちあげたみたい。わたしをためしているんだろうか？　まちがったことをいったら、笑われる？

「わたし、まったくやらないの。テレビゲーム……みたいなものは」

テーブルを囲むみんなの目がわたしに集まった。どの顔にもびっくりした表情《ひょうじょう》がうかんでいる。

「じょうだんだろ」とリース。

「なにかひとつぐらいはやったことがあるでしょ」とクリスタル。「まったくゲームをしない人なんていないよ」

「パソコンでなら」わたしはやけになっていった。うそじゃない、学校で一度だけ学習用のゲームをやったことがある。

みんなが首を横にふる。

「そういうゲームはゴミ」リースがきっぱりいう。「グランド・セフト・オートをやるべきだ」

たちまちみんなの注意がそっちにむいた。いつなら家に遊びにいってそれをやらせてくれるのか、クリスタルがリースにせまり、レジリアはレジリアで、あんな暴力的《ぼうりょくてき》なゲームはやっちゃだめ、リースはまだ子どもなんだしと、どなる始末。そのテレビゲームは人を攻撃的《こうげきてき》にさせるってきいたことがあるとリーナがいえば、リースはふんと鼻を鳴らして、オレはだれも殺してない、だからそんなのは、うそっぱちだという。

わたしは自分の両手に目を落とした。黄色い塗料《とりょう》が指に点々とくっついている。自分がひどくはずかしく思えた。ここでも、そんなにわたしはみんなとちがってるの？　そういえばクリストファーはタブレットを持っていて、それで長時間ゲームに熱中していた。でもメイとわたしは、いつも自分たちの小説を書いて、本を読むのにいそがしい。わたしの人生には、なにかすごく大切なものが欠けているってこと？

そこでラージがゴホンとせきばらいをした。「そろそろ終わりかな。次はおしゃべりタイムだ」

みんなはまだテレビゲームについて、ああだ、こうだといいあいながら立ちあがり、自分のいすを部屋のむこうがわの広くあいた場所に持っていって丸くならべる。わたしもよくわからないままに同じことをした。

「緊張《きんちょう》しなくていいのよ」アビーがわたしにいう。「いつもこうやって、ちょっとしたおしゃべりをしてすごすの。自分のかかえている心配や問題を、理解《りかい》してくれるみんなと分かちあうことで、心が軽くなることってあるでしょ」そこでわたしの顔を見る。「べつに話したくなければ、無理に話さなくてもいいのよ」

わたしはほっとして息をはいた。

最初にリーナが話した。

「わたしはきのう、ママを病院に連れていったの。そうしたらお医者さんが、筋肉《きんにく》のけいれんをおさえる薬をつかってみようって。ママ、この前に再発《さいはつ》してから、さらに状態《じょうたい》が悪くなって。しょっちゅうものをひっくりかえしたり、落としたり。ちゃんとものがにぎれないのよね。そのあとしまつ、ぜんぶあたしがやるの」かたを大きく動かしてため息をついた。「でもね、新しい薬をきちんきちんと飲めば、そういうこともなくなるんじゃないかって思ってるんだ。ただこれがまたむずかしい。今度はさ、薬を飲むと気がめいってくるからって、なかなか飲んでくれないんだよ」

わたしは身じろぎひとつせず、一心に話をきいていた。リーナのママは大変な病気らしい。うちのパパなんかと次元がちがう。筋肉《きんにく》のけいれん？　それってこむらがえりみたいなもの？

「リーナのママは、多発性硬化症《たはっせいこうかしょう》なの」アビーがわたしにむかっていい、こっちはびっくりして飛びあがりそうになった。

「そうですか」といったものの、どういう病気なのかわからない。

「もっと助けが必要かな？」ラージがリーナにきく。「アントニアに話をしてみようか？」

リーナのソーシャルワーカーはわたしと同じ！　なぜおどろくのか自分でもわからない。きっと助けが必要な子どもは大勢《おおぜい》いるんだろう。

リーナがかたをすくめた。「話すってなにを？　あの人、いつもいそがしくしてて」

ラージがいう。「せいいっぱいやってるんだよ」

「うん、わかってる。仕事が多すぎるって、ママもいってる。やらなくちゃいけないことが山ほどあるんだよね。だからいつも事務所《じむしょ》にはいない」リーナがうかない顔をする。

「がまんするしかないってことよね？」

次はクリスタル。ママをなんとかひとりで仕事の面接《めんせつ》に行かせることができたというけれど、それのどこがすごいんだろうと思ったら、クリスタルのママは目が不自由だとわかった。それからタイラーが、水泳の進級試験に受かった弟のことを話し、それがほんとうに誇《ほこ》らしそうだった。タイラーのパパは、軍隊で働いたあと心的外傷《がいしょう》後ストレス障害《しょうがい》という病気にかかり、ママはうつ病になった。家のなかではしょっちゅう言い争いが起きているようだった。タイラーには弟が三人いて、着がえをさせたり、朝学校へ行く準備《じゅんび》をさせたり、なにもかも自分ひとりでやっているらしい。わたしと同い年で、来年中学校に入ったときのことをいまから心配している。なぜなら弟たちの登校する時間よりも早い時間に発車するバスに乗らないといけないからだ。

レジリアはパパがスマートフォンを持たせてくれないと不満をうちあけた。リースはなにもしゃべらない。

「カリプソ、あなたも少し自分のことを話したらどう?」アビーがやさしくきく。

無理。どうして話せるだろう? ほかのみんながかかえている問題とくらべて、わたしの問題はどう? 自分の父親が本棚《ほんだな》にずっとレモンをならべていたなんてことを、どうしてみんなの前でいえるだろう? Ｘｂｏｘ《エックスボックス》に夢中《むちゅう》で、本なんか読まない人たちが、こんなばかげた話にどう反応《はんのう》する？

わたしはいすの上でからだをちぢこまらせ、首を左右にふった。みんなはちょっとがっかりした顔をしたけど、リースはそんなふうもなく、またスマートフォンをポケットから引っぱりだした。

アビーとラージがカードゲームをいくつか出してきて、わたしはレジリア、クリスタル、リーナといっしょに絵合わせをやり、そのうち帰る時間になった。

パパの車をさがしに外へ出ようとしたところ、アビーとラージが「じゃあ、また来週」といってきた。

わたしはにっこり笑ってふたりに手をふった。なんだかおかしな夜だった。だれもが自分の親のめんどうを見ていて、ときには弟や妹のめんどうも見なくちゃいけない。実際《じっさい》それはあべこべだ。ほんとうは親が子どものめんどうを見るべきなのに。これじゃあ子どもが大人にならなくちゃいけない。

それってわたしとパパにもいえること？　ママが死んでからずっと、うちは親子の関係が逆転《ぎゃくてん》しているのかな。

25

その夜は自分の図書室のゆかにすわり、書棚《しょだな》にならぶ、ママの子ども時代の本のタイトルをしげしげと見つめた。ずいぶん古い『赤毛のアン』を引っぱりだしてみると、最初のページに筆記体でていねいにつづったママの文字があった――コーラル・コステロ、9と1／4歳《さい》。その文字を指でなでる。きっとママもアンが大好きになったにちがいない。冒《ぼう》険心旺盛《けんしんおうせい》で威勢《いせい》のいいところや、想像力《そうぞうりょく》の豊《ゆた》かなところが。いつの日かアンについて、わたしと話せる日がくると夢《ゆめ》見ていたのかな？　わたしが成長していくのをもう見ることはできないってわかったとき――そういわれたとき――いったいどんな気持ちだった？　ママの書いた文字の上に手をおいて、わたしは目をつぶった。

しんと静まりかえっている。この部屋はわたしの安らぎの場。目に見えないたくさんの物語に囲まれてすわり、そのなかで息をすったりはいたりする。本のページのなかにとじこめられているキャラクターたちは、だれかが文字を読んでいくだけで自由になれる。本はさまざまなところへ自分を連れていってくれ、現実《げんじつ》の生活では決して会えない人々と会わせてくれる。かすかな油絵の具のにおいをすいこむ――と、ふいに心の目にママのすがたがはっきりうつった。赤毛が日ざしを反射《はんしゃ》してきらきら光り（また晴れの日！）、顔じゅうにうれしそうな笑《え》みが広がっている。なんともいえないぬくもりが、わたしの全身をつつみ、胸《むね》がいっぱいになった。ママがここにいる。わたしはまだママをわすれていない。これからもずっとわすれない。

さあ、レモンの図書室から追いだされた本を救出しなくちゃ。

わたしは下におりてパパに声をかけた。「物置小屋の裏《うら》から本を運びだすよ」

パパは机《つくえ》にむかってすわり、なにもない空間をにらんでいる。その目をとじてパパがいう。「つかれてるんだ、カリプソ」

「わたしだってそう。でも本はほっとけない」

「もう暗い」

「やらなきゃ、パパ。大事なことだよ」

パパはため息をついた。これ以上はないというぐらい深いため息。からだじゅうの空気がぜんぶ出ていったしまったように、しゅんとなった。

わたしはいらいらしながら待った。「ほら、行くよ」

とうとうパパがいった。「わかった」

裏口《うらぐち》で長ぐつをはくのに、パパは永遠《えいえん》と思えるほど時間がかかっている。わたしの長ぐつは小さすぎて、つまさきがしめつけられるけど、どっちみち、いらいらして足ぶみをしているので、ほとんど気にならない。いったいパパは、なにをのろのろやってるの？

懐中《かいちゅう》電灯をひとつ持って庭に出ていく。物置小屋はつきあたりにあって、生《い》け垣《がき》を背《せ》に少しだけすきまをあけて建っている。懐中《かいちゅう》電灯の光でパパがそのすきまを照らしたとたん、わたしは息をのんだ。本を入れた段《だん》ボール箱が九箱か十箱ほど、下から上まで積みあがっている。こんなせまいすきまに、いったいどうやって入れたんだろう？

「家のなかに運びこもう」わたしはいった。

パパは口をあけ、それからまたとじた。わたしに懐中《かいちゅう》電灯を持たせておいて、いちばん近いところにある段《だん》ボール箱に手をのばす。引っぱったり、ゆすったり、いろいろやってようやく動いたと思ったら、箱の片側《かたがわ》が、ぱかっとはがれて、草の上に本がどっと散らばった。『高慢《こうまん》と偏見《へんけん》』『侍女《じじょ》の物語』『愛の続き』——ママの本。

「拾わなきゃ！」わたしは手をのばし、できるかぎりたくさんの本を拾ってうでにかかえる。もうこれ以上持てなくなると、ふたりしてキッチンに運んでいって、テーブルの上に積みあげた。

どれもこれもひどい状態《じょうたい》だった。黒く変色して、へりがすべてカビだらけになっているものがあれば、とじがばらばらになっているものもたくさんある。そして、どれもこれもしめっている。

全身がかっと熱くなった。本を救いださなきゃ。これはわたしにまかされた重大な任務《にんむ》だ。

「ぜんぶなかに入れよう。ママの本だけじゃなくて、すべての本を」

パパはしりごみする。

「今夜じゅうにぜんぶなんて無理だよ、カリプソ。だいたい、置き場所がない」

「やるの」わたしはきっぱりいった。「置き場所はパパの書斎《しょさい》」

結局のところ、棚《たな》にはもうレモンはない。

すべての本を運び終わったときには、パパのからだのほうも冷えてすっかりしめっていた。二時間近くにわたる作業だった。そのあいだパパは不服そうになにかぶつぶついってて

たけど、わたしにちらっと顔をむけるとすぐ口をつぐんだ。

本のなかにはもう救いようのないものがあった。巨大《きょだい》な地図帳はわたしが両手で持ちあげたとたん、ばらばらになった。とじ目がほつれていて、ページはしみだらけで文字を読みとることもできない。けれどもそれ以外はもっと状態《じょうたい》がよかった。それらをすべて書斎《しょさい》の棚《たな》やゆかの上にならべ、空気にふれてかわくようにページをひらいておく。ものすごくたくさんあったので、ぜんぶ終わったときには、足のふみ場もなくなった。わたしたちはドア口に立って、何メートルにもわたる文字の列をながめた。腰《こし》が痛《いた》い。もうとっくに寝《ね》ているはずの時間だったけど、この光景を見て達成感が胸《むね》にわいた。ママがわたしにうなずいて、にっこり笑っているのが見えるようだった。

わたしのうしろでパパが大きなため息をもらした。満足のため息か、それとも悲しいため息か、わたしにはわからない。

レモンがなくなってさびしいと思ってるの？　そんなこと、だれがきいてやるもんか。

「おつかれさま」かわりにそういった。

26

その夜、本の夢《ゆめ》を見た。森のなかにいて、そこでは木に本が実っていて、わたしはおなかがすいている。暗くて寒くて、おなかがぐーぐー鳴った。それで木の枝《えだ》に手をのばして、一冊《さつ》もぎとった。かたい表紙の青い本。ひと口かじると、まるでマシュマロサンドクッキーのような歯ざわりがして口のなかでとけた。次はべつの枝《えだ》から、赤い表紙の本をもぎとった。そっちはさくっと歯が入って、リンゴのようにしゃきしゃきしていた。次から次へ本をもいでは口に入れていき、森じゅうの本をすっかり食べつくすと、ようやくおなかがいっぱいになった。それから草の上にすわってうめいた。気持ち悪くなったからだ。

するとの木のあいだからパパがひょっこりあらわれた。「カリプソ、森から出るには鉛筆《えんぴつ》一本と訓練したフェレットが一匹《ぴき》必要だ。それはよくわかってるよな。パパはなにも教えなかったか?」

次の瞬間《しゅんかん》、パパが一個《こ》のレモンに変わって木々のあいだを転がっていき、それにつづいてママの歌声がきこえてきた。おかしい。幼《おさな》いころ、ママが歌うことなんてめったになかった。でも夢《ゆめ》のなかではまちがいなくママの声だとわかった。その歌をきいていると、大きなため息が出て、それといっしょにこれまで食べた本がぜんぶ口から出てきた。言葉がほとばしるようにあふれてきて、わたしのまわりの森の地面に散らばった。地面に横になると、髪《かみ》の毛《け》や指や足に、文字や単語や文がからみつき、木の間から日ざしがきらきらと差しこんできて、幸せな気分になった。

27

「じゃあ、本はぜんぶもどったってこと?」救出作戦について話したところ、メイがきいてきた。「あの書斎《しょさい》に?」

「そう。でもかわかさないといけないんだ。かわけばだいじょうぶだと思う——完全にもとどおりってわけにはいかないけど、読めるし、本棚《ほんだな》にしまえる。そうじゃないものはすてるしかないね」

メイが顔をしかめてうなずいた。わたしは学校が終わってそのままメイの家にきている。メイはかべに描《か》いた複雑《ふくざつ》なもようをどんどん広げていき、わたしはぬり絵の本から何枚《なんまい》か選んで色をぬっている。パパはカウンセリングに行っている。

「でも、もとどおりになるものがあってよかった」メイがいう。「カリプソのママの本は？ぜんぶぶじ？」

「それが」わたしはぬり絵に目を落とす。「一応《いちおう》ぜんぶ家のなかに運んではきたんだ。でも『アラバマ物語』はページがみんなくっついちゃって、あれはかわいてもだめだと思う」

「新しいのを買えばいい」とメイ。

「それは、ママの本じゃない」そういったとたん、熱いものが全身をかけぬけた。「ねえメイ、どうしてパパはあんなことができたんだろう？　自分の本ならべつだけど、ママの本にどうしてそんなことができるの？　ママは死んじゃったんだよ！　あれはママの遺品《いひん》で、わたしに受《う》け継《つ》がれるものだった。それを庭におきざりにするなんて、どれだけひどいことだか、わかってるのかな？　パパはわたしを傷《きず》つけたいの？　それとも人の気持ちも考えられないほど、すっかり頭が変になっちゃったってこと？」

「さあ、どうだろう」メイはためらいがちにいった。「きっと……正常《せいじょう》……じゃないときは……」言葉につまってしまう。

「わたしは正常《せいじょう》？」ずばりいった。

メイはびっくりした顔をしている。赤いフェルトペンの先が宙《ちゅう》にういたままとまっている。「えっと、カリプソは、あたしには正常《せいじょう》に思える」

「辞書、ある？」わたしはいった。

メイがうでをつきだして、手近の棚《たな》からぶあつい本を一冊《さつ》引っぱりだした。目的のページにたどりつくまでに、しばらく時間がかかった。

「正常《せいじょう》」メイが辞書を読みあげる。「ある規範《きはん》のうちにあること。ほかと変わったところがなくふつうであること。同義語は、〝普通《ふつう》〟、〝通常《つうじょう》〟、〝自然〟」

「つまり、ほかと同じなら正常《せいじょう》ってことか」わたしはいった。「じゃあ、もしほとんどの人が青いひとみなら、茶色いひとみは正常《せいじょう》じゃない」

「茶色いひとみだって正常《せいじょう》だよ」とメイ。「正常《せいじょう》っていうのはひとつにかぎらないと思う」

「なるほど。じゃあ、ひとり親《おや》の子どもがたくさんいる場合は、それも正常《せいじょう》っていえる？」

「たぶんそうだと思う」

「がんで死ぬ人は大勢《おおぜい》いるでしょ？　そういう人たちも正常《せいじょう》？」

メイがまゆをよせて考える。「まだ寿命《じゅみょう》がつきてないのに、病気で死ぬ人を正常《せいじょう》だなんていうべきじゃない」

「でも、いうべきじゃないっていうのは、事実とはちがう」わたしは首を横にぶんぶんふった。「いうべきじゃないからって、事実が変わるわけじゃない」

わたしはどうしてもこの問題を解決《かいけつ》しないといけない気になってきた。

「でも、がんで死なない人も大勢《おおぜい》いるわけで、それも正常《せいじょう》だよね。となると……正反対のことだけど、どっちも正常《せいじょう》ってこと？」

メイは考えこむようにくちびるをかんでいる。「正常《せいじょう》か、異常《いじょう》か、その判断《はんだん》は人によってちがうんじゃないかな」

「もしぜったいに正しい判断《はんだん》っていうのがないんなら……」とわたし。「みんなかってなことをいってるわけで……」

「なんだって正常《せいじょう》っていえるんだよ。結局、ぜんぶ正常《せいじょう》」メイがまとめた。

部屋のなかがしんとなった。メイとわたしはたがいの顔を見あっている。

わたしの頭のなかでは花火があがっていた。ママが死んでからというもの、わたしはずっと自分が正常《せいじょう》じゃないと感じていた。人となじめない。だれかと仲よくなるより、本を読むほうが好きだった。パパとふたりきりで暮《く》らしていて、そのパパは一日の半分も、わたしがいることに気づいていないようで、ハグをするのがきらいで、心を強く持てとしきりにいう。べつにいやじゃない――でも自分は正常《せいじょう》じゃないと感じていた。

だけど、正常《せいじょう》であることが、じつはそんなに重要じゃないんだとしたら？

なんだって正常《せいじょう》といえるし、決定的に正常《せいじょう》なものなんてないんなら、自分が正常《せいじょう》かどうか、気にすることはない？

そこでメイが辞書に目を落としていう。

「心理学の用語、とも書いてあるよ。えーっと。正常《せいじょう》とは、いかなる心理的特徴《とくちょう》、すなわち、知性《ちせい》、人格《じんかく》、情動適応《じょうどうてきおう》などにおいて、およそ平均的《へいきんてき》なこと。また、いかなる精神的《せいしんてき》な異常《いじょう》もないこと。正気」

メイは本をとじた。

「でもさ」わたしはいった。それまで考えていたことに、もう少しつっこんでいきたかった。「正常《せいじょう》かどうかは、人によって判断《はんだん》がばらばらだってことでしょ？」

わたしはメイの顔を見る。

「じゃあ、ママの本をすてるのも、パパにとっては正常《せいじょう》なことなのかな？」

「そうかもしれない。だってカリプソのパパは棚《たな》の空きスペースが必要だった。つまり……その……レモンのために」

それをきいて、笑いだしたくなった。こんなばかな話ってない！

メイがわたしにちらっと目をむけた。くちびるのはしっこがちょっと持ちあがっている。

「少なくとも、指やなんかとはちがうわけだし」

「指？」

「ほら、連続殺人犯《さつじんはん》でそういうのを集めている人がいたでしょ。死んだ赤《あか》ん坊《ぼう》とか」

わたしはぎょっとして口をあんぐりあけた。「メイ！　なによ、それ！　なんだってそんなおそろしいこと、思いつくわけ？」

メイがいたずらっ子のような目をする。「そう？　あたしはただ、もっともっと異常《いじょう》なことがあるっていいたかっただけ。だって――たかがレモンだよ。そんなものにおびえる必要なんてないって」

思わずわたしの口もとがほころんだ。「なるほど。でもそんな話きくと、夢《ゆめ》に出てきちゃうよ。ぞっとする。きのうの夜なんかさ、パパがレモンになる夢《ゆめ》を見たんだよ。森のなかをころころ転がっていくの」

メイが声をあげて笑った。「だからさ、カリプソのパパがちょっとふつうじゃないからって、危険《きけん》なんかなにもないってことだよ。レモンを棚《たな》にならべておく人はあんまりいないけど、だからって、丘《おか》のてっぺんに逃《に》げなきゃいけないほどおそろしいことじゃないでしょ?」

「まあ、そうだね」

「カウンセリングのほうはうまく進んでる?」

わたしはかたをすくめた。「まあ順調だと思う。帰ってきたとき、動揺《どうよう》しているように見えるときもあるけど。そういう日はたぶん、ママのことを話してきたんだと思う」

「そっか」メイはしばらく口をつぐんでいる。それからまた口をひらいた。「きっとものすごくつらいんだよね」

「そうだね……」わたしはぽつりといい、なんだか混乱《こんらん》している。「口ではぜったいそんなことといわないんだ。いつも心を強く持って、悲しみに打ちかてってって、そういってる」

　メイがわたしの顔をうかがった。いったいなんのことかというように、まゆをよせている。

「たよりになるのは自分の強い心だけ」わたしはいって、ぬり絵にもどる。「悲しくなったり、不安になったり、さびしくなったり、いろいろあるけど、そういうときは自分の内側を見つめて、強い心をさがすんだって。それをつかって暗い気分をふきとってしまえば、また気分は明るくなる。そんなようなこと」

　メイはまだとまどった顔をしている。「びっくり。あたしなんて、自分の内側を見つめて強い心をさがすなんて、したことないよ。あたしに強い心なんてあると思う？」

「だれでも持ってるんだよ」わたしはいって自分でうなずいた。

「あのさ……」メイがためらいがちにいう。「もしかして、カリプソのパパは強い心をつかいはたしちゃったんじゃないの？」

　わたしはぬり絵をまじまじと見る。

「たぶん、限界《げんかい》があるのかも」思ったことがそのまま口から出ていく。「いつもいつも悲しみを心のなかにとじこめておくようにしていると、長いあいだに、どんどんそれが積み重なっていくのかも。水そうのなかで水がいっぱいになっていくみたいに。そうしてある日、水そうがわれて、ふつうでは考えられないほど大きな悲しみにおそわれる。だってずっとためこんできたわけだから」

メイがうなずく。「そうなってしまうと、どれだけ強い心を持っていたって太刀打《たちう》ちできないよね」

「たぶん、たまには悲しみを外に出してやるのが大事なのかも」わたしはいった。「水そうがいっぱいにならないように」

わたしのぬり絵に、小さくにじんだ部分ができていた。青と黄色が混《ま》じっている。その部分をそで口でおさえる。

「あっというまだったんだ。ママの病気。死ぬ前にやりたいことをする時間もほとんどなかった。ときどき思うんだよ。もしお医者さんががんを見つけずに、なんでもないですよってママにいったら、ママはまだ生きてたんじゃないかって。つまり、言葉にしちゃったから現実《げんじつ》になった、みたいな？」

「だいじょうぶ？」メイがきく。

「だいじょうぶ」

「泣いてるみたいだけど」

「わたしが？」

メイがわたしの前からぬり絵をそっとどかす。「カリプソもすごくつらいんだよね」

わたしの心のなかにも悲しみをためておく水そうがあるのかもしれない。

メイがもじもじしながら近づいてきて、わたしをだきしめた。「泣いてもいいのよ」看《かん》護師《ごし》さんみたいな声でいう。「強い心なんて関係ない。ママがいなくなったんだから。泣いて当然よ」

それで、そうした。そのあいだずっと、メイがしっかりだきしめていてくれた。

28

わたしをむかえにきたパパが、メイの家で夕食を食べていくことになった。鶏《とり》の手羽肉にとろみのあるソースをからめたものに米と豆がそえてある。おいしかった。おかわりするほど量がなかったのでパパは少しがっかりしている。

メイのママがそれに気づいた。

「おうちで、お料理はなさるんですか?」パパにきく。

「少しですが」とパパ。ちょっと考えたあとで言葉を足す。「もっとやらないといけません。ただものすごくつかれていて」

「これ、かんたんにできるんです」メイのママがいう。「十分ほどでちゃちゃっと材料を切ってオーブンに入れるだけ。お米はべつに炊《た》いておいて」

パパはからっぽの皿に目を落とした。なにかいうのかなと思ったけど、そうじゃなかった。かわりにわたしがいった。

「あとで作り方を教えてもらおうっと。わたし、料理が好きなんです」

パパがいきなり立ちあがって、部屋を出ていった。

みんなが顔を見あわせる。わたしは顔がかっと熱くなり、目に涙《なみだ》がたまってきた。料理が好きなのはほんとうだもん！　パパのためにもう何度も料理をしてきた。パパはわたしに怒《おこ》ってるの？　なぜ？

みんな、なんといったらいいのか、わからない。

「だいじょうぶ?」メイがわたしにささやいた。

わたしはメイの顔を見ずに、強くうなずいた。

メイのパパが先週仕事に行くとちゅうにあったできごとについて話しだした。メイのママがそれに耳をかたむけ、ちょうどいいタイミングでなにかきいては笑い、皿を集めてかたづけてからデザートにフルーツサラダをテーブルに運んできた。クリストファーが、くだものはきらいだといって、鼻をほじくりだした。メイはずっとわたしのほうへ、ちらちらと目をむけている。心配してくれているのはわかるけど、やめてほしかった。ますます居《い》たたまれなくなるから。わたしは自分の分のフルーツサラダを受けとって、ボウルのなかにじっと目を落としている。

パパがもどってきた。「すみませんでした」そういってテーブルにつく。けれども、なぜ部屋を出ていったのか、説明はせず、わたしと目を合わそうともしない。まだなにか、わたしに怒《おこ》っているんだろう。

また気まずい沈黙《ちんもく》が広がるなか、メイのママが口をひらいた。

「ねえ、カリプソ、クリスマスが楽しみでしょう?」

あまり楽しみではなかった。いつものようにパパとふたりきりですごすだけだから。以前はそれでなんとも思わなかった。でも今年はちがう。パパとわたしとふたりきり、冷えきった家のなかで、本を読む……なんだかぞっとする。さびしいし、悲しいし、クリスマスっていうのは家族や親戚《しんせき》が集まるとき……なのに、うちにはだれもこない。ママ方のおじいちゃんおばあちゃんはもう死んじゃったし、パパ方のおじいちゃんおばあちゃんは、わたしが生まれてすぐオーストラリアに移住《いじゅう》して、これまでに二回しか会ったことがない。それにわたしには、おばさんもおじさんも、いとこも——ただのひとりもいない。ふたりだけしかいないのに、家族っていえるのかな？　それって正常《せいじょう》？

「わたし……」切りだしたものの、そのあとにどんな言葉をつづけていいのかわからない。それでくちびるをかんで、フルーツサラダをつっついた。

「カリプソをうちによべないかな？」ふいにメイがきいた。

「えっ？」

みんなの目がメイに集まる。

「カリプソと、カリプソのパパに」メイが慎重《しんちょう》になっていいなおす。「ふたりでうちにきてもらったらどうかと思って」

魔法《まほう》のように、わたしの目がさっぱりかわいた。まるで妖精《ようせい》がふかせた風に涙《なみだ》をふきはらわれたかのようだった。クリスマスをメイの家ですごす！　あまりのうれしさに飛びあがりそうになって、自分を落ち着かせないといけなかった。ほんとうにそんなことができたら……。

わたしはパパをふりかえった。つかまるとわかって、身をかたくするハムスターみたい。どっちへ逃《に》げていいかわからない。

「あ……」パパがいう。「それは……」

「ねえ、いいでしょ」わたしは息もすわずにいった。

「まあまあ」メイのパパがいう。「そういう選択肢《せんたくし》もあるということで、考えてみてください」

夕食のあと、わたしがコートをとりに立ちあがると、メイもいっしょについてきた。

「ぜったいこなきゃだめ！」耳もとでいう。「ぜったい楽しいから！　なんとしてでも、パパを説得して！」

わたしは心臓《しんぞう》に火がついたような気がして、メイの手をつかんだ。「できるかぎりやってみる」

メイがさらに強い力でわたしの両手をにぎった。「朝いちばんにきて。プレゼントの入ったくつ下をわすれないでね！」

わたしはパパにちらっと目をやった。まだメイのママと話に夢中《むちゅう》だ。「うちは、あんまりいいものはもらえないんだ」できるかぎり小さな声でいった。

メイがわたしを引きよせて、耳もとでいう。「じゃあ、あたしのを少し分けてあげる」

それで話が決まった。クリスマスには、メイの家に行かなければならない。なんとしてでも！

29

大人を世話する子どもの会に参加するのも、今日で四度目。いつのまにか十二月に入っていた。それでもまだ、自分をはみだし者のように感じている。みんな親が問題をかかえている子たちばかりだから、わたしも仲よしになると、アントニアとセアラはそう思ってるの？　それだけで友情《ゆうじょう》は生まれる？　わたしはむしろ、みんなとはなにも共通点がないように感じている。それで気楽におしゃべりができない。そのことをわかってもらおうと、きのうアントニアに電話で話してみた。アントニアは話をよくきいてくれて、まだ始まったばかりだからと、やさしいことをいってくれた。またパパといっしょにセアラも交えて四人で話しあいをするのかどうか、きいてみたかったけど、そこでべつの電話が鳴ったので、話は打ち切りになった。

今日はみんなでクリスマスのカタログから写真を切りぬいてかべに巨大《きょだい》なコラージュをつくる。わたしはあるページにつづりのミスを見つけ、それをリーナに教えた。リーナはおもしろがっていたけれど、レジリアは、どこがまちがっているのかわからない。

「ほら、クリスマッスリーとなっているでしょ。正しくはクリスマスツリー」わたしはレジリアに教えた。

レジリアはかたをすくめた。「べつにまちがっているように見えないけど。ただわたし、ディスレクシア（読字障害《どくじしょうがい》）があるから」

わたしはふいに納得《なっとく》してうなずいた。「それで読書がきらいなの？」

「うん。むずかしくて」

わたしはちょっと考える。「たぶん自分に合う本がまだ見つかってないんだよ」

レジリアはきっぱりと首を横にふった。「ちがう。いろんなものをためしてみた。頭が悪いの」

これにはどう答えていいかわからない。頭が悪い？　そうかもね、なんていったらまずいよね？　「でも得意なことはあるでしょ。学校の勉強ではなにが好き？」

「学校なんて大きらい。あんまり行かないし」そういって、陽気な顔でわたしに笑いかける。

「えっ」わたしはとまどってしまう。「それって、つまり――サボるってこと？」

「そう」とレジリア。「くだらないことを、あれこれ教えられるより、よっぽどいい」

実際《じっさい》には〝くだらないこと〟という言葉じゃなくて、もっと下品な言葉。そういう言葉になんとかなれようと努力はしていた。ここにやってくる子たちは、らんぼうな言葉を平気でつかう。でもわたしにはどうしても、それができない。そういう言葉はすっぱいキャンディーみたいに、口にしたとたん思わず顔をしかめたくなる。

「学校をサボって、ママに怒《おこ》られない？」わたしはきいた。

レジリアは、もううんざりという感じで、口から息をはきだした。「ママはもういっしょに住んでないの。頭がおかしくなっちゃって」

「頭がおかしい?」ふいに興味《きょうみ》をそそられた。「どういうふうに?」

「ママは双極性障害《そうきょくせいしょうがい》」

「それって?」

「気分がメッチャいいときは、とことんハイになって、ばかなことをしでかすの。お金をぜんぶつかっちゃったり、お酒をひとびん、ぜんぶ飲んじゃったりとか、真夜中にかべのぬりかえを始めるとか。でもって、それとはぎゃくに思いっきり落ちこむときがあって、そうなると部屋のすみにうずくまって泣いて、自殺したいっていいだす」

わたしはレジリアの顔をまじまじと見る。「そんな。それって――すごく怖《こわ》いよね」

レジリアはかたをすくめた。「そう。そうなの。だからパパはママと別れちゃった。わたしはママといっしょに暮《く》らしたかったんだけど、まわりがみんな、ママにはわたしと弟ふたりを責任《せきにん》持って育てるのは無理だっていって」

レジリアには弟がふたりいる――前にそうきいたことがあった。ふたりともリビングでレスリングごっこをするのが大好きで、勢《いき》いあまって家具にぶつかったり、ソファから落っこちてうでの骨《ほね》を折ったり。救急医療科《いりょうか》の先生や看護師《かんごし》さんと全員知りあいなのと、レジリアはいっていた。しょっちゅうそこのお世話になるからだ。

「じゃあ、ママはいまどこで暮《く》らしてるの?」わたしはきいた。

「簡易宿泊所《かんいしゅくはくじょ》。あそこは変なにおいがするから好きじゃない。それにママときたら、とことん落ちこんじゃって。でも新しい薬を処方《しょほう》してもらったから、それでぐあいがよくなるっていうんだよね」

「そうなんだ」うちのパパとはまったくちがう。

「あなたはなんでここにきてるの?」それまでずっとだまって話をきいてたリーナがわたしにいった。「ご両親にどんな問題があるの?」

わたしはごくりとつばを飲みこんだ。まだ自分の生活については、だれにもなにも話していなかった。

「ママは死んだの」わたしはいった。「がんで」

「まあ」リーナが同情《どうじょう》する顔になった。「かわいそうに」

「なんのがん?」レジリアが知りたがる。

「卵巣《らんそう》がん」わたしはいった。

レジリアがうなずいた。「進行が早いんだよね。うちの近所の人がそれになって。手遅《ておく》れになるまで気づかなかった」

わたしはくちびるをかんだ。「うちのママもそうだった」

「じゃあ、お父さんとふたり暮《ぐ》らしなの？」リーナがきく。

「そう。パパとわたしだけ。それにたぶん……うちのパパもおかしいんだと思う。ただ、レジリアのママみたいではないんだけど。ちょっと変わってるの」

レジリアは目をぱちくりさせた。「それってどういう意味？」

「パパはわすれっぽくて。それに変なものに夢中《むちゅう》になるの」

「たとえば？」

わたしはレモンのことを話した。ほんとうは話したくなかった。パパを裏切《うらぎ》っているような気がするから。でもここはそういうことを話す場じゃなかった？　そりゃ、変だよ！」

レジリアがふいにゲラゲラ笑いだした。「レモンを棚《たな》にぎっしりならべてるの？

リーナがいう。「ちょっとレジリア、失礼よ」そういうリーナも、笑いをこらえているのがわかる。

「だけどうちのパパは、少なくとも自殺しようなんて考えない」わたしはぴしゃりといい、それからすぐはっとして、おそろしくなった。

レジリアがぴたりと笑うのをやめて、テーブルに目を落としている。こぶしに丸めた指に力が入っているのがわかった。

「ごめんなさい」わたしはあわてていった。「そんなこと、いうつもりはなかったの」

「できることなら、車のなかでガス自殺をしたいって、ママはときどきそういってる」レジリアがしんみりという。

わたしはすっかりうろたえてしまった。「ほんとうにごめんなさい。あんなこと、いうべきじゃなかった。ただ、うちのパパ……レモンを集めてて。それがおそろしいの。おかしな話で、笑えるかもしれないけど、それでもわたしは怖《こわ》い。自分のまったく知らなかったことが、パパの頭のなかで起こっているって考えると」

リーナはうなずき、レジリアはため息をついた。「頭のなかって、ほんと、わけわかんないよね。人間ってのもよくわかんない」

「あなたのパパはなにか支援《しえん》してもらってる？」リーナがわたしにきく。

「うん。カウンセリングを受けてる」

「気をつけたほうがいいよ」レジリアが警告《けいこく》するようにいう。

「どういうこと？」

「カウンセリングに行くとおかしくなる。通いはじめてどのぐらい？」

「二週間かな？」

レジリアがうなずく。「見ててごらん。カウンセリングに通いだすと、とことん落ちこんでくるから」

「えっ？　どうして？　落ちこまないようになるために通うんだと思ってたけど！」

「さあ、どうだろ」レジリアがかたをすくめる。「うちのママはカウンセリングが始まったら、思いっきり変になったんだ。ふだんよりひどくなった。カウンセラーは、それでいいんだっていうの。ほとんどの人が最初は強いショックを受けて、それからだんだんによくなっていくんだって」そこでレジリアの顔が不満げになった。「でもママはまだ、ぜんぜんよくならない！」

わたしはテーブルの上に散らばった紙切れを見つめる。レジリアのいったことはほんとうなの？　カウンセリングを受けて、パパはますますおかしくなる？　今度はどんなばかげたことをしでかすんだろう？

もし自殺することに決めたりしたら、どうすればいい？

30

レジリアの言葉におびえて、それから数日のあいだ、パパに変化がないか気を張《は》って観察していた。でもただしんとして、ちょっとさびしそうにしているだけで、いつもと変わらない。正常《せいじょう》だと思う。それでもまだわたしはおびえていて、ある日家に帰ってきたら、パパが部屋のすみにうずくまってめそめそ泣いているんじゃないかと、そんなことを何度も考えた。

けれどもそれはなくて、ある火曜日、家に帰ってみると、パパはキッチンに立っていた。ラジオがついていて、元気が出そうなクラシックの曲がかかっている。パパも元気そうだった――フライパンを火にかけて、お米を料理していた。こちらをふりかえった瞬間《しゅんかん》、わたしはおどろいて、めまいを起こしそうになった。パパがうれしそうな顔をしている。にっこり笑った顔は、ほおもピンク色になって、心からうれしそうだった。その光景に、わたしの口があんぐりあいた。そしてなぜだか、さらに緊張《きんちょう》した。

「まったく今日は、気のめいる天気だったよな?」パパが陽気にいった。「少しでも気分を明るくしようと、あの鶏《とり》の手羽をつかった料理をつくろうと思ってさ」

「すごい」

わたしはゆかにかばんをおいた。たしかに気のめいる天気だった。ずっとふっている細かい雨でからだがかなりぬれてるし、道路で車にはねを飛ばされた。バスに乗れば満員で、みんなの息で窓《まど》が白くくもっていた。バス停から家まで歩く道のりはほんとうに寒くて、去年買ったコートがもう小さくなって手首がむきだしだったから、手がこおりそうになった。

「おいしそうだね。すっかり冷えたから、暖《あたた》まらなくちゃ」

パパがいう。「部屋に行って、着がえてきたらどうだ?　もっとたくさん重ね着しておいで。もう十分もすれば料理はできあがるから」

夕食を食べるには早すぎるんじゃないの、とはいわなかった。時計は午後三時四十五分をさしている。でもおなかがすいているなら、何時に食べたってかまわないんじゃない？　自分の部屋にあがり、制服《せいふく》をゆかにぬぎすてて、いちばん着心地《きごこち》のいい部屋着をさがして着て、くつ下二足の上にくたびれたスリッパをはく。すりへった石のゆかでは、すべって危《あぶ》ないんじゃないかと思えるほど、はき古したスリッパだ。

階下ではパパが料理をよそっていて、おいしそうなにおいがしていた。

「昼食をとるのをわすれてね」とパパ。「それで昼夜兼用《けんよう》の食事。まあ午後に食べるブランチって感じかな」

「すごくいいにおい」わたしはパパにいった。「メイのママがつくってくれたのとおんなじ」

「たっぷりあるから、おかわりもできるぞ」

わたしは声をあげて笑った。こんなパパ、初めてだ。まるで別人のよう。「パパがなにか悪いことでもしたか？」というような不安そうな目でわたしを見ることもない。まるですばらしいひとときをすごしているような感じ。異常《いじょう》なはしゃぎぶりじゃなくて、ごくごくふつうに楽しそう。くつろいでいるようにも見える。

わたしの胸《むね》をきゅっとしめつけていた恐怖《きょうふ》が少しやわらいだ。「パパ、調子はどう？」

スプーンを口に運びながらパパがうなずいた。「調子いいよ。今日はとりわけ気分がいい。ようやく薬が効《き》いてきたんだろう」

一か月前、お医者さんが薬を出してくれて、それは効《き》くまでにしばらく時間がかかるといっていた。それじゃあ、必要なのはこれだったたってこと？　薬？　それでパパはなおったの？　もうすっかりよくなったんだろうか？

料理はにおいから期待したとおりの、すばらしい味だった。わたしはもりもり食べていき、からだのなかに温《あたた》かいものがどんどん広がっていく。

「これ、ほんとうにおいしい！　料理、うまいじゃん！」

パパはうれしそうだった。「レシピどおりにつくっただけさ。そんなにむずかしいもんじゃない」

「でも、メイのママがつくったのより、おいしいと思う」それにはちょっぴりうそも交じっていた。お米のつぶがかたまっている部分が少しあったし、わたしのお皿によそってくれた手羽肉は片面《かためん》が少しこげていた。でもそんなことはいわない。「次はなにをつくるつもり？」

「コーラルの料理本をあれこれ見てさがしてたんだ」

これにはちょっと飛びあがった。パパが最後にママの名前を口にしたのが、いつだったか思い出せない。

「ビーフ・キャセロールがうまそうに見えた。明日買い物に行ってこようと思ってる」

わたしはパパに笑いかけた。「なんなら手伝ってもいいよ。野菜を切ったりなんか」

「そりゃ助かる」パパがいって、わたしの顔を見る。「おまえのほうは、調子はどうだ?」

「いいよ」わたしはいった。「すごくいい」この瞬間《しゅんかん》、心からそう思えた。

パパが笑《え》みを返してくる。「パパもだ。乾杯《かんぱい》」

わたしたちはフォークをチンとぶつけあった。

おなかと同じように、心もいっぱいになった。この瞬間《しゅんかん》がすぎてしまう前にこおらせておきたい。そうすれば必要なときにとかして、また喜びにひたれる。

ところがふたをあけてみれば、それから二日後に、さっそくそれが必要になった。なぜなら、なにもかもがまずい方向へ転がってしまったから。

31

木曜日、わたしはウキウキ気分で家に帰ってきた。メイといっしょに学校だよりにのせるクリスマスの物語を書くことになった。スポットリン先生に、いっしょに本を書いていることを話したら（『アルマゲドンのあと』は、あのひどい感想をもらって以来、あまり進んでいないのだけど）、クリスマスの物語を書いたらどうかといわれたのだ。そのあと先生はすっかり興奮《こうふん》したようすで、学校だよりにのせてもいいわねといってきた。

「それどころかさ」そのあとでメイがいった。「ある程度《ていど》の長さになれば、印刷してホチキスでとじて売れるよ。でもって、そのお金を学校の基金《ききん》にする。資金《しきん》集めのイベントと同じにね」

メイはいつでも資金《しきん》を調達することを考えている。大人になったら起業家になるんじゃないかな。

バス停から家まで帰るあいだ、わたしは自然に笑顔《えがお》になって、おなかがぽかぽかするようなうれしさを感じていた。メイと相談して、すでにどんな話にするか決めていた。第一次世界大戦の時代を舞台《ぶたい》に、ある少年が戦地にいる父親をなんとかしてクリスマスに間に合うよう、家に帰ってこさせようとする話だ。希望に満ちた心温まる物語で、きっと読んだ人は泣くと思う。この筋立《すじだ》てだけで、早くもメイが泣きだしたのだから、うまくいきそうな予感がする。

家に入ったとたん、キッチンの照明がついていないのにおどろいた。パパは今日、なにかパイをつくるといってたのに、料理のにおいもしないし、オーブンのなかもからっぽ。それどころか家全体が真っ暗でひっそりしている。恐怖《きょうふ》が小さな指でわたしをつっつき、それでふいに思い出した。レジリアのママは、思いっきりはしゃいだあと、ひどく落ちこんで、死にたくなるといっていた。

「ただいま?」胸《むね》に空気をすいこむだけすいこんで、はきだすのがむずかしい。「パパ、いるの?」

答えがない。わたしは書斎《しょさい》に行ってみる。救いだした本が棚《たな》の上にきちんとならんでいた。パパはいない。ライトはついてないけど、パソコンのモニターから青い光がもれている。机《つくえ》に近づいていって、マウスをちょっと動かしてスクリーンセーバーを消す。メール画面が立ちあがっていた。わたしはためらった。パパのメールをのぞき見るなんてしちゃいけない。プライバシーの侵害《しんがい》だ。なのにどうしても、モニターの画面にさっと目を走らせてしまう。そうしてひとたび、「レモンの歴史——お送りいただいた原稿《げんこう》につきまして」というタイトルが目に入ると、もう放ってはおけなかった。

このたびは『レモンの歴史』をお送りいただきまして、誠《まこと》にありがとうございました。長い年月をついやされたまぎれもない労作で、文章もすばらしく、申し分のない出来《でき》でした。しかしながら、ノンフィクション作品の市場は昨今大変きびしい状況《じょうきょう》が続いておりまして、弊社《へいしゃ》では貴殿《きでん》の作品を出版《しゅっぱん》するのはむずかしいと思われます。べつのところで出版《しゅっぱん》の機会がありますよう祈《いの》っております。

なんてこと。心臓《しんぞう》が胃のなかに落っこちたような気分だった。そのメールをとじると、たちまち次のメールが表示《ひょうじ》された。べつの出版社《しゅっぱんしゃ》から。文章は短くて素《そ》っ気《け》ない。

ざんねんながら『レモンの歴史』は、弊社《へいしゃ》における現在《げんざい》の出版傾向《しゅっぱんけいこう》に合わず……。

二通の不採用《ふさいよう》通知。人生をかけた作品が、同じ日に、わずか数分のあいだに、立てつづけにはねつけられた。

パパはどこ？

パパをよびながら、家のなかを走りまわる。キッチンにはいない。二階にもあがって、パパの寝室《しんしつ》と自分の寝室《しんしつ》、わたしの図書室と、バスルームをさがす。おふろのなかで、おぼれ死んでいないとわかって安心した。でももし、車のなかでガス自殺してたら？　階段《かいだん》をダッシュしてかけおり、あせるあまり最後の三段《だん》は一気に飛びおりた。玄関《げんかん》のドアを勢《いきお》いよくあけて、おんぼろのガレージめざして小道をひた走る。車はあったけれど、冷えてからっぽだった。

あたりを必死に見まわしながら、息がみだれて苦しくなる。いったいどこへ行ったっていうの？

わたしをおいて出ていった？

だれかに電話しなくちゃ。警察《けいさつ》に？　でも110番することはできない。それほどの緊《きん》急事態《きゅうじたい》じゃない、そうだよね？

家のなかにもどってきた。電話はろうかだ。力を強く加えると落っこちてきそうな、がたのきた棚《たな》の上においてある。

子機をとって、メイの家に電話をしようと考えた。メイのママならどうしたらいいか、わかっているはず。それともアントニアにかけるべき？　わたしは迷《まよ》った。

かすかな音。ほんの小さな音だから、きこえていたのに気づかなかった。居間《いま》からきこえてくる――ママの部屋。

ふいにおそろしくなってからだが冷たくなった。不安で背中《せなか》がぞくぞくする。電話を片手《かたて》にきつくにぎったまま、ドアをおしあける。この部屋は見るのをわすれていた。思いつきもしなかった。

真っ暗。テレビ番組で、照明のスイッチを入れたとたん、おそろしい光景がうかびあがる場面をいやというほど見ている。わたしの想像力《そうぞうりょく》が暴走《ぼうそう》しだす。パパがしばられ、さるぐつわをかまされて、ゆかに転がっているのでは？

照明がつくと同時にパパがあらわれた。ソファの上にすわっていて、からっぽの暖炉《だんろ》をまじまじと見ている。銅像《どうぞう》のようにかたまっていて、ひたすら目をこらしている。

「パパ？」

声をかけてみる。まったく動かないので、ひょっとしてからだが麻痺《まひ》しているのかなと思う。ほんとうに動けないのでは？　なにか謎《なぞ》の病気にかかって、一日じゅうそこにすわったまま、助けをよぶこともできなかったとか？

わたしはソファに近づいていって、電話を持ったままパパのとなりに腰《こし》をおろした。

「パパ。わたしよ。カリプソ。だいじょうぶ？」

パパが目をぱちくりさせ、顔に表情《ひょうじょう》がもどった。でもなにもしゃべらず、こちらをふりかえりもしない。

「お医者さんをよぶ？」わたしはきいた。「動ける？　パパ――たのむからしゃべってよ」

パパはくちびるをなめた。まるでかわききっているせいでしゃべれないというように。

「オレの本が」そっという。

「うん、パパ。知ってるよ。メールがきてたよね。ほんとうにざんねんだった」

「一日に二通」

「だからって、ほかの出版社《しゅっぱんしゃ》がみんな不採用《ふさいよう》ってわけじゃないよ。たくさんの出版社《しゅっぱんしゃ》に送ったんでしょ？」

パパはだまったまま。

「それにさ」わたしはしんぼう強くつづける。「最初は不採用《ふさいよう》になる本って、すごく多いじゃない。ハリーポッターだってそうだった」

これははげましにならなかった。

「何年もかけて書きあげた」パパがいう。

「わかってる。ざんねんだったね、パパ」

わたしはパパのうでに手をのせて、はげますようにぎゅっとつかんだ。

パパはわたしの言葉などほとんどきいていなくて、かってに言葉をつづける。

「もしどこにも採用《さいよう》されなかったら？」

これにはどう答えていいかわからない。

「行こう、パパ」わたしはパパのうでを引っぱった。「行って、夕食になにかおいしいものをつくろう」

ところがパパは動こうとしない。「腹《はら》はすいてない」

わたしはパパをにらみながら、さあどうしようと考える。しまいにひとりでキッチンに行って、缶詰《かんづめ》のスープを温めて、パンのかたまりといっしょに居間《いま》へ運んできた。部屋のなかが冷え冷えしていたので、新聞紙をひねって暖炉《だんろ》に入れ、その上に薪《まき》を二本のせた。マッチをさがしにいって、暖炉《だんろ》にようやく火がついたときには、スープは冷めていて、パパは手をつけていなかった。

「すぐ暖《あたた》かくなるからね」せいいっぱい陽気にいう。「よく燃《も》えてる」

そんなことはなかった。あまりうまく火がつかなくて、部屋はぜんぜん暖《あたた》かくならない。もっと燃《も》えるようにと、息をふきかけてみる。わずかな火花がみじめったらしく散るだけだった。

わたしはだまって冷めたスープを飲んでパンを二きれ食べた。パパはまだ動こうとしない。それでいて何度となく、「オレの本」、「オレの本」と、まるで失った子どもの名をよぶようにくりかえしている。

暖炉《だんろ》の火が消えた。わたしはスープボウルとパンをキッチンに運んだ。それから洗《あら》い物《もの》をして、やかんを火にかける。パパにお茶をいれてあげよう。それぐらいならきっと飲める。

マグカップふたつを居間《いま》に運んでいき、「宿題をしないと」とパパにむかっていう。「ここに持ってきてやろうかな？」

話はきいているはずだった。だってまゆがかすかに動いて、「なんの話だ?」という表《ひょう》情《じょう》になったから。

わたしは学校のかばんを持ってきてゆかにすわった。宿題をしながらパパに話しかける。

「スポットリン先生から、理科のプリントが出てさ。ここからここまで、磁石《じしゃく》に関する質《しつ》問《もん》に答えを書きこまないといけないんだ。いちばんの答えは、Aかな、それともB?」

パパは答えてくれないけど、わたしはとにかくつづける。心の奥《おく》のほうで、恐怖《きょうふ》がどんどんふくらんでいく。パパにとってレモンの本はなにより大切なものだった。わたしの記《き》憶《おく》にあるかぎり、パパはほんとうに一生懸命《いっしょうけんめい》やっていた。棚《たな》にあれだけのレモンをならべていたのも、ぜんぶその本のためだった。それがもし、どこからも出版《しゅっぱん》されないとしたら? あれだけがんばったことが……水のあわになる。本が出ない。それは『アルマゲドンのあと』について、意地悪い感想を書かれたことより、ずっとつらいことだ。だいたいあの小説はほんの小さなものだけど——こっちは大きい。大作だ。パパの傑作《けっさく》。パパの人生でいちばん大事なもの。たぶんわたしより大事なんだろう。

ああいうメールを送ってきた出版社《しゅっぱんしゃ》のドアを力いっぱいたたいて、正面からどなりつけてやりたい。ののしり言葉だらけのメールを送ってやって、自分たちがどれだけひどいことをしたか思い知らせてやる。精魂《せいこん》こめて書いた本が不採用《ふさいよう》にされる、その人の気持ちをどうして考えないの？　なぜあんなメールを出すことができるの？

最近のパパはずいぶん努力をしていた。いいパパになろうと一生懸命《いっしょうけんめい》だった。すべてうまくいってたのに！　料理もした！　にこにこして、声をあげて笑いもした！　まだまだ道のりは長いけど、それでも一歩をふみだした！　この調子でいけば、パパもわたしも、ちゃんと幸せになれると思えてきたところだったのに――その矢先にこれだ。もしパパが二度と立ち直れなかったら、どうしてくれるの？

頭のなかで恐怖《きょうふ》がわきあがるのを感じながら、宿題の質問《しつもん》を声に出して読みつづける。パパはすわったままじっとだまっていて、ときどきため息をついている。わたしの宿題は意味をなさない答えでうまっていく。

終わると、マグカップふたつ（パパのはまだ満杯《まんぱい》）をキッチンに運んでいって、かたわらにおいた。それからシンクに身をのりだして外をのぞき、空の闇《やみ》に目をこらす。どうしよう？　アントニアに電話をして、パパのようすがおかしいって知らせるべきだろうか？　でももう六時をすぎてる――きっともう事務所《じむしょ》にはいない。

とつぜんメイに電話をしたくてたまらなくなった。その思いが強くなりすぎて、からだがぶるぶるふるえ、シンクのへりをつかまないと立っていられない。この状況《じょうきょう》に自分ひとりで立ちむかいたくない。メイなら助けてくれる。メイのママだって。

でももし……もしパパが強いショックを受けているんだとしたら？　あのレジリアがいってたみたいな？　そこへ他人がわりこんできたら、パパはますます追いつめられて、とり返しのつかないことになってしまうのでは？　パパがそうなったら、わたしはどうなる？

もし、パパが死……。

パパが……。

わたしはどこへ行く？　だれがわたしのめんどうを見る？

そんな危険《きけん》を冒《おか》すわけにはいかない。いちばんいいのは、わたしがそばにいて、ずっとはなれないでいることだ。パパを見張《みは》っている。せいいっぱい明るくして。なんとかパパをがんばらせる。ばかなことをさせないようにする。

窓《まど》の外に目をやると、濃紺《のうこん》の空にピンで刺《さ》したような穴《あな》が五つほど点々と光っていた。

わたしは息をすった。

それから居間《いま》へもどっていく。小さな火がオレンジ色にぼうっと光っていたけれど、それ以外はぜんぶ消えていた。よし、と思い、灰《はい》をかきだして、最初から火をつけなおす。今度はもっとうまくやる。むかしはわたしぐらいの年齢《ねんれい》の女の子が、メイドとして働いて、暖炉《だんろ》の火なんかあたりまえのようにつけていた。そんなにむずかしいはずがない。

紙のたばと薪《まき》の山からほんのり温かみがただよってくると、パパをふりかえった。ちらちらゆれる光をじっと見ているだけで、やっぱり動こうとしない。

「毛布《もうふ》をとってくるよ」わたしはいった。「そうしたら、しばらくここでテレビを観《み》られる。いいよね?」

パパのおでこに、かすかなしわがよった。なにか思い出そうとしているみたいだったけど、なにもいわないので、わたしは二階へあがって自分のベッドの下から大きな青い毛布《もうふ》を引っぱりだした。

国営《こくえい》放送の2チャンネルをつけると、田舎《いなか》の風景がうつしだされた。これでいいだろう。ソファにすわっているパパのひざに毛布《もうふ》をかけてから、その横に自分もすわって背《せ》を丸めた。ぬくぬくして、だいぶいごこちがよくなった。そこで、自分はある本の登場人物だと思ってみる。これはいい手だった。わたしは母を亡《な》くした貧《まず》しい少女で、病気で動けない父親と暮《く》らしていて、将来《しょうらい》が見えない。ところが本の終わりでは、母親が死んでからずっとわたしのことをさがしていた裕福《ゆうふく》な叔母《おば》があらわれ、富《とみ》と愛情《あいじょう》に恵《めぐ》まれて末永《すえなが》く幸せに暮《く》らすことになる。『小公女』にちょっとにているけど、インドのくだりは出てこない。

でもテレビを観《み》ながらヴィクトリア朝時代のイギリスを想像《そうぞう》するのはむずかしかった。番組ではキツネ狩《が》りの説明が始まっていて、ずたずたにされたキツネは見ていられなかった。チャンネルを替《か》えたほうがいいかどうか、ちらっとパパのようすをうかがう。でもパパは興味《きょうみ》があるみたいに、まだしげしげと観《み》ていた。それでチャンネルはそのままに、わたしは目をつぶって、頭のなかの小説にもどった。

田舎《いなか》の番組が終わったら、次はクイズ。それからニュース。パパは立ちあがってトイレに行くこともなかった。三時間のあいだ、そこにそうしてすわって、パパはテレビを見つめ、わたしはとうとう頭のなかで最後まで物語をつくりあげてしまった。

そこでようやく気がついた。そろそろ寝《ね》る準備《じゅんび》をしないといけない。でも寝室《しんしつ》にパパをひとりにしてだいじょうぶかな？　もしもなにかあったら……？

だめだ。やっぱりひとりじゃおいとけない。どうにかして、パパについてないと。

「パパ、もう寝《ね》る時間だよ」と声をかけてから、テレビを消した。

パパはおとなしく立ちあがった。これはいいしるし？　そこから階段《かいだん》をあがらせるのが、ひと苦労だった。わたしがうしろからおして、まるで子どもか、ものすごい年よりみたいに、パパは四つんばいになってよろよろあがっていく。トイレにも行かせて、わたしがその前に立って、やきもきしながら待つ。出てきたので、手は洗《あら》ったのかときく。するとパパはまたトイレに入った。

服をぬがせるのはやめた。「ベッドにすわって」とパパにいって、わたしがくつをぬがせてあげる。そうしてパパが横になると、ふとんをかけた。

「すまない、カリプソ」天井《てんじょう》をにらみながらパパがいう。目を大きく見ひらいている。

「わたしもここで寝《ね》るから」そういうと、自分の部屋に入ってベッドからマットレスをはがして運んだ。マットレスがこんなに重たいなんて思いもしなかった。持ち手やつかむ場所がまったくないから、だきかかえる形でろうかへ出し、そこからさらにパパの部屋のドアをぬける。まるでゾウを運んでいるみたいだった。パパの部屋に、ドスンとぶざまに落としたときには、汗《あせ》ばんでめまいがしていた。

自分のふとんとまくらを持ってきて、ゆかの上に寝場所《ねばしょ》をつくった。それからバスルームに行って、寝《ね》る前にやることをすべてすませる。パジャマに着がえたあとで、玄関《げんかん》と裏口《うらぐち》のドアにちゃんと鍵《かぎ》がかかっているか、たしかめないといけないことに気づく。自分のからだより二サイズ小さいガウンをはおって、下におりていった。

暖炉《だんろ》の火の燃《も》え残《のこ》りがまだしぶとく光っていた。完全に消さなくちゃいけないのかな。おき火をそのままにしておくと、家に火がうつって燃《も》えちゃう？

重大なことをひとりで決断《けつだん》しなきゃいけない、その責任《せきにん》の重みに泣きだしそうだった。結局、火は自然に消えるのにまかせることにして、のろのろと階段《かいだん》をあがっていった。足が氷のかたまりみたいに感じられる。今夜をぶじ乗り切ることができれば、朝にはすっかり心配はなくなっているだろう。

ふとんに入って、かじかんだ足をさすった。パパは物音ひとつ立てない。ちゃんと息をしているのかな？　起きあがってたしかめないといけない。

パパはまだ目をぱっちりあけていて、わたしがまたふとんにもどると、ささやき声がきこえた。「これまでの苦労が……」

泣いてしまわないよう、わたしは片手《かたて》で口をおさえた。それからまた横になる。

長い夜になりそうだった。

32

どれだけ眠《ねむ》ったのか、わからない。パパがまだ生きているかどうか、夜中に何度も起きてたしかめた。悲しさのあまり死ぬなんてことはないよね？　そんなことはありえないとわかっていても、どうしても心配になった。

八時半に目がさめた。パパがまだ息をしているとわかってほっとする。目はとじているけど。パパは何時ごろに眠《ねむ》ったのかな。パパを起こさないようにして、そろりそろりと部屋を出る。

今日はまだ金曜日だったけど、パパをひとり残して学校へは行けない。パパのパソコンを立ちあげて、学校にメールを送ることにした。

〈昨夜カリプソは体調をくずしたので、今日はお休みします。どうぞよろしくお願いします〉

学校の病欠届《とどけ》をメールで受けつけてもらえるのはラッキーだった。

学校には病気になった場合の規則《きそく》があって、体調がもどって丸二日間を経過《けいか》してからでないとふたたび登校することはできなかった。もし必要なら、月曜日に同じように病欠届《とどけ》を送ればいい。

ラジオの4番でアンネ・フランクの特集をやっていたので、それをききながらトーストを食べる。すごく興味深《きょうみぶか》い内容《ないよう》で、あとでメイに話してあげるために、いくつか覚えておくことにする。

アントニアに電話をかけたけれど、留守番《るすばん》電話になっていた。どうしよう。どんなメッセージを残せばいいかわからない。

「もしもし、カリプソです。あの……月曜日にお話しします」それだけいって電話を切った自分がばかみたいに思えた。留守番《るすばん》電話は大きらい。いつもなんていっていいのかこまってしまう。

なにか気が休まるようなものを見つけようと、パジャマにガウンをひっかけただけのかっこうでパパの書斎《しょさい》に入った。なんとか救いだした本が書棚《しょだな》の半分ほどをうめている。あとはからっぽ。ここにたどりつけなかった本のことを思うと胸《むね》が痛《いた》む。まるでわたしとパパが本の生命維持装置《いじそうち》を切ってしまったような気がする。紙をとじている糊《のり》がとけて、ページがごっそり落ちてしまったり、真っ黒なカビが生えていて、ぬるぬるになっていたりしたので、処分《しょぶん》するしかなかった。

生き残った本の背表紙《せびょうし》に次々と指を走らせてみる——傷《きず》だらけの生存者《せいぞんしゃ》たち。それから、カバーの破《やぶ》れた本に手をのばし、棚《たな》から引っぱりだした。チャールズ・ディケンズの『大いなる遺産《いさん》』だ。ぱらぱらめくってみる。字がすっごく小さい！　こんなのを読んで頭が痛《いた》くならなかったのかな？

ママの本棚《ほんだな》がいまでは半分しかうまっていない。ママの本は、それぞれがずっと生きつづけてきた場所にもどさなきゃいけないんだと、わたしはパパにいいはった。『アラバマ物語』がない。それに、『フレデリカの初恋《はっこい》』『ジャマイカ・イン』『小さきものたちの神』『ベル・ジャー』と、あと少なくとも五冊《さつ》はここにあったはず。

ほんとうならすてるべきだった本に手をのばす。どうしてもすてられなかった。シャーロット・ブロンテの『ジェーン・エア』。もしここに、こんな言葉が書いてなかったら、すてていただろう……。

表紙をめくった次にある遊び紙に、ママの手書き文字があった。ほかの本に書かれている文字もぜんぶそうなのだけど、ていねいな文字で几帳面《きちょうめん》に、〈コーラル・コステロ、10と1／2歳《さい》〉と書かれている。

いまのわたしと同じ歳《とし》。

ふるえる指でその文字にふれる。これはママ――コーラル――が、わたしとまったく同じ歳《とし》だったときの小さな一部。まだわたしのママになるよりずっと前の、子ども時代のコーラルがここにいる。

この本はママのお気に入りだったのかな？　まあそれはどうでもいい。どうせママの本は時間をかけてぜんぶ読むつもりだから。息をつめながらページをめくっていく。ママの目がこの同じ言葉をたどった。ママの頭のなかに広がったのと同じ物語の世界が、わたしの頭のなかにも広がる。この本を通じて、わたしとママはつながる。ほら、またママがわたしの心の目にうつった。日ざしのなかでにっこり笑っている。本はお話を語ってくれるだけじゃない。失った人をとりもどしてもくれる。

ああ、ママがいまほんとうにここにいてくれたら、どんなにいいだろう。ほかのなによりも、それをかなえてほしい。目をとじて、強く、強く、願う。こんなに強く願ったら、わたしの心の願いごとをする部分がこわれちゃうかもしれない。

33

パパはずっとベッドのなかだ。食べ物や飲み物を持っていってもほとんど手をつけない。人間はかなり長いこと食べなくても死なないのはわかっているけど、水分だけはしっかりとらなきゃだめだ。

「ちゃんと飲んで」お昼になってから、わたしはパパにいった。グラスをくちびるまで持っていってあげると、ようやくパパがひとすすりした。今度はパパの両手にグラスを持たせて、「あとは自分で持って」という。

元気づけようともしてみた。だけど本を数ページ読んであげても、パパは目をつぶって、ごろんと寝返《ねがえ》りを打ち、かたまでふとんをかぶってしまう。下におりてテレビをいっしょに観《み》ようとさそったけど、なにもいわない。

アントニアからの折り返し電話はなかった。なぜだかわからない。留守番《るすばん》電話がこわれてるのかも。今日は事務所《じむしょ》にきてないのかもしれない。病気で休んでいるって可能性《かのうせい》もある。それか、メッセージはきいたものの、重要じゃないと判断《はんだん》したのかもしれない。心配いらないってこと？　わからない。もう一度かけてみようと思ったけど、うるさいと思われたくないのでやめた。

頭の奥《おく》に、ある心配がずっとひっかかっている。もしだれかに事情《じじょう》を話したら、わたしはパパから引きはなされてしまうんじゃないかな。わたしがそばにいなかったら、パパになにが起きるかわからない。

パパの書斎《しょさい》にもどって、『ジェーン・エア』をとってくる。ジェーンが赤い部屋に連れていかれる場面は読んでいてぞっとした。かわいそうなジェーン！　ジェーンは両親を一度に失っている。物語のなかでは、大勢《おおぜい》の人が愛する人のために悲しみにくれている。ある意味それにほっとする。わたしだけじゃないと、そう思えるから。

けれども読み進めていくにつれて、わたしの頭がひとりでに働きだし、新たな登場人物がいきなりあらわれて、物語をかってに語りはじめた。わたしは『ジェーン・エア』を読むのを中断《ちゅうだん》して、紙数枚《すうまい》とペンをとってきて、ゆかに寝《ね》っころがった。ペンが紙の上をすらすらと動き、ほとんど考えないうちから言葉が連なって文章になっていく。まるでわたしの頭脳《ずのう》が本人の了解《りょうかい》もなしに、かってに紙の上に言葉やアイディアをはきだしているみたい。魔法《まほう》のようだった。

家のなかはひっそりしていたけど、それももう気にならなくなった。わたしの頭脳《ずのう》がさまざまな考えや夢《ゆめ》や記憶《きおく》をしゃかりきになって生みだしていき、わたしはママが子どもだったころを想像《そうぞう》してお話をつくっていく。まだ小さい女の子だったママと、友だちの作り方を知らない孤独《こどく》な男の子。そのふたりが、わたしの物語のなかで出会って、女の子は男の子の頭のなかを、花や音楽やジョークや旅なんかでいっぱいにしていく。そうするうちに男の子は、ひとりぼっちより、ふたりでいるほうがいいと気づく。それからふたりは、ずっといっしょにいることに決める。なぜなら、そうしたほうが、人生はぜったいすばらしくなるから。ひとりのときより、百万倍も、千万倍も。

34

うでがものすごく痛《いた》くなって、もうペンも持てなくなった。気がつけばもう二十枚《まい》以上書いている。目をこすりこすり時計を見ると、六時をすぎていた。部屋のなかは真っ暗に近い。

あわてて起きあがり、書いていた紙をつかんだ。パパ！　わたしが自分の世界に入りこんでいるあいだに、パパが階段《かいだん》をおりてきたかもしれない、おふろにお湯を入れたかもしれない、なにか料理をしたかも……まさか、死んでないよね。なにがあったとしても、わたしは気づかなかった。パパのめんどうを見なくちゃいけなかったのに！

階段《かいだん》を二段《だん》飛ばしでかけあがりながら、なんてばかなことをしちゃったんだろうと、おろおろしている。

パパの部屋のドアをおしあけたとたん、いきなり安心してひっくりかえりそうになった。

パパは死んでなかった。それどころかベッドの上に起きあがっている。わたしにむけられた目は悲しそうでつかれていたけど、少なくともわたしを見ている。

「ごめん」わたしはだしぬけにいう。「下で書き物をしているうちに、時間をわすれちゃって。だいじょうぶ？　お茶いれてくるよ。あとトーストなんかも」

パパはまゆのあいだにしわをよせている。まるでわたしの言葉を解読《かいどく》しようとしてるみたい。

「お茶？」

「そう！　お茶。いれてくるけど、どう？」

「うん」

気がつけば、わたしはまだ紙をつかんでいた。「あっ、そうそう。これを書いてたんだ」そういってパパにつきだす。なかなか受けとろうとしないので、ベッドの上においてもじもじする。「物語。なんなら読んでみて」

「わかった」パパがいい、ぐしゃぐしゃになった紙のたばに目を落とす。

わたしはどぎまぎしながらいう。「たぶん順番がばらばらだと思う。そろえてあげるよ」

紙を順番どおりに、きちんとそろえるのに数分かかった。「はい、これでよし。じゃあ、お茶、いれてくるから」

パパはまだちゃんと起きあがってる。わたしはほっとするあまり、ぼうっとした頭でキッチンまで歩いていく。こっちのいうことを理解《りかい》するまでに時間はかかるけれど、もうゾンビみたいじゃないわけだから、心配ないってことだよね？

お茶とビスケット二枚《まい》を持って二階にもどってみると、パパはまだ動いたようすがなく、ちょっとがっかりした。わたしがそろえた紙はベッドのはしっこにおいたまま、パパはそれをまじまじと見ている。

「はい、お茶」ベッドわきのテーブルにおいた。

「すまない」パパはあまりくちびるを動かさないので、ちゃんとききとるのがむずかしい。

そのあとわたしは、なにをしていいのかわからなかった。心がもやもやして、つかれて、神経《しんけい》がぴりぴりして、おなかがへってる。なにか食べるべきなんだろう――そういえば昼食も食べてなかった。

「明日は土曜日だよ」わたしはベッドのへりに腰《こし》をおろしてパパにいう。「クリスマスまで二週間。マジで……じゃなかった、ほんとうに、もうすぐだよ。クリスマスの買い物に行く？」

ばかなことをいってると自分でも思う。うちにはプレゼントを買うお金なんかない、そうでしょ？　それともあるの？　もう長いこと、おこづかいももらってなかった。

「とにかく、外へ出て、お店を見てみようよ。クリスマスのかざりとか、いろいろ楽しいよ。町のまんなかに、キリストの降誕《こうたん》を初めから終わりまで、機械じかけの人形で見せている店があるんだって、メイがいってた」

パパはゆっくりうなずいている――あまりにゆっくりなので、それこそ機械じかけの人形みたい。そう考えたら笑いがもれそうになり、あわててそれを飲みこんだ。

パパはまだベッドで起きあがったまま、かすかにとまどうような表情《ひょうじょう》でつきあたりのかべを見ている。

わたしは思わず身をのりだしてパパの手をつかんだ。「パパ、ねえパパ。もどってきて。心がどっかよそへ行っちゃってるよ。わたしのところへもどってきて」

まったくおどろいたことに、大きく見ひらいたパパの目に、涙《なみだ》がもりあがっていた。まばたきもせずに、ひたすら虚空《こくう》を見つめている。わたしの手から自分の手をそっとはずし、ひざの上においた。

わたしは口をぎゅっと結ばないといけなかった。たまらない痛《いた》みがまた胸《むね》をおそった。

パパはもう、わたしとはいっしょにいたくないって、そう思ってる？　もういっしょに暮《く》らしたくないってこと？　わたしは部屋を出ていき、ろうかに立った。階段《かいだん》の手すりをぎゅっとつかんでたおれないようにする。パパの強い心はどうしちゃったの？

下で電話が鳴っている。出たほうがいいのかどうか、わからない。アントニアかもしれない。いや、金曜日の夜、この時間にかけてくるのはメイしかいない。メイと話したくてたまらない。でもどうして話せるだろう？　相手がメイでもアントニアでも、パパのことをどう話したらいいのかわからない。

わたしは待った。しまいに電話は鳴りやみ、あまりのさびしさに泣きたくなる。

ママのことを思って泣いているとき、メイがわたしをずっとだきしめていてくれたのを思い出す。はずかしかったけど、それと同時にとてもいい気持ちだった。あの日のわたしは強い心を見いだせず、メイにたよるしかなかった。メイはわたしの力。わたしにはメイが必要だった。

そこではっと気がついた。

パパに必要なのは強い心じゃない。パパに必要なのは、わたしだ。

35

まるでかみなりに打たれたかのように、その考えが胸《むね》につきささった。

パパにはわたしが必要。それはパパが落ちこんでいるときに、わたしがめんどうを見なくちゃいけないっていう、ただそれだけじゃない。わたしとパパが、ここでどうやっていっしょに暮《く》らしていくかという問題だった。

どうしていままで気づかなかったんだろう？　これまでずっとパパは、べつにおまえがいなくてもだいじょうぶだという態度《たいど》で暮《く》らしてきた。自分もおまえも独立《どくりつ》した存在《そんざい》なんだといって。でもそれはうそだった！

もちろんパパにはわたしが必要だ。わたしがパパを必要としているように。ずっとずっと必要だった――ママが死んでからは、なおさらそう。なのにどうしてパパは、わたしをずっとつきはなしてきたの？

メイはわたしの友だちで、わたしはメイが必要。もしメイを失ったらどうする?

もちろん、一巻《いっかん》の終わり。

パパはわたしをママと同じように愛したくなかった。なぜならママは死んだから。だれかを愛して、その人を失うのは、たまらなくつらい。最初から愛さなきゃよかったと思うぐらいに。

パパはわたしを守るために、おまえがいなくてもだいじょうぶだといいつづけてきた。自分みたいに傷《きず》つかないですむよう、わたし自身の心のまわりに、かべをはりめぐらすようしむけたんだ。

でもそんなのは大まちがいだ。人には人が必要なんだ。ずっと人をさけつづければ、傷《きず》つかないなんて、ありえない。そんなことしたら、傷《きず》ついた上に、さらにひとりぼっちになってしまう。

頭のなかでさまざまな考えが爆発《ばくはつ》し、それぞれがぶつかりあういっぽうで、頭の外はゆっくりと変化していき、気がついたときには世界がこれまでとまったくちがって見えていた。

パパはひとりぼっちじゃない。わたしがいる。強い心がどこにあるのか、いまではもうわかっていた。それはほかの人から与《あた》えられるもの。だれかがわたしのことを気にかけてくれるということは、その人が自分の一部をわたしに分けてくれているということ。それが力になる。メイと友だちになってからは、ワクワクドキドキの連続で、前よりずっと心がぬくもって、毎日が生き生きとかがやきだして……ずっと幸せになった。それに、わたしと顔を合わせるとメイの顔がぱっとかがやくから、きっとわたしもメイに、なにかいい影響《えいきょう》を与《あた》えているんだってわかる。わたしたちはべつべつにいるより、いっしょにいるほうが強くなれる。

わたしはパパのために、いっしょにいよう。もうパパのそばをはなれない。パパがつらい気分からぬけだせるまで、わたしがそばにいる。なぜなら、この苦しいときを乗りこえるのに必要な力を、わたしはパパにあげることができるから。

そうして、パパが乗り切ったときには、ふたりべつべつにいたときより、わたしたちは強くなっている。

36

土曜日の朝、家のなかは静かでおだやかだった。わたしはパパの寝室《しんしつ》で本を読んであげたあと、下におりて新しい物語を書きはじめた。その日はちょっとした掃除《そうじ》までやった。バスルームの蛇口《じゃぐち》を最後にみがいたのはいつだったか思い出せない。ぴかぴかにするのがこんなに気持ちのいいものだとわかってびっくりした。

午後にメイから電話がかかってきた。

「元気だよ」わたしはメイにいった。「きのうはぐあいが悪かったんで、パパに学校を休むようにいわれて、ずっと家にいたの」

「さびしかったんだから」メイがいう。「言葉さがしのゲームをつくって、交換《こうかん》しあったの。あたしのはいちばんむずかしくて、ぜんぶの言葉をさがせる子はひとりもいなかった！」

いいなあと、うらやましくなった。わたしだったら夢中《むちゅう》になってやっていた。

「カリプソなら、ぜんぶ見つかったと思う」親友らしく、そんなことをいってくれる。

「コピーしたのがあるから、月曜日にわたすね」

「ありがと」いいながら、その日までにパパのぐあいがよくなりますようにと、心のなかで祈《いの》る。

「サンタさんにお手紙は書いた？」とメイ。

「まさか。そんなこともう何年もやってないよ」

「そっか。あたしは書いたよ。ひょっとしたらってことがあるでしょ？」

わたしはにやっと笑った。メイはそういうことに関しては夢《ゆめ》のある子だった。

「どんなお願いをしたの？」

「本をくださいって！　それと図書券《としょけん》！　それから、本の絵がついた手提《てさ》げ！　あとは新しいペン」

「それって、わたしのほしいものリストと同じ。それに新しいノートも何冊《なんさつ》か。新しい小説を書くための」

「うわっ、わすれてた！　ノート、ノート！」メイは本気であせっている。

わたしは声をあげて笑った。「ノートはきっとだれかがくれるって」

「クリスマスには、うちにくるんだよね？」メイがいう。「もう決まりでしょ？」

わたしはためらった。パパの病気はいつまでつづく？　いまの状態《じょうたい》じゃあ、家から出るのは無理だ。

「それがさ、まだいいよとは、いわれてないの。でもだいじょうぶ。きっと行くことになると思う」どうかそのとおりでありますようにと、わたしは二本の指をクロスして幸運を祈《いの》るおまじないをした。

メイがじれったそうに、ゆかをふみつけているのが見えるようだ。

「こなきゃだめ！　ぜったいに！　もしこられないなんていったら、カリプソを誘拐《ゆうかい》してでも連れてくる！」

わたしはおかしくてまた笑った。声をあげて笑うのは気持ちがいい――もう何日も笑ってない気がする。

「そんな必要ないって！　そうなったら、わたしがメイの家まで走っていくから」

「きのうはほんとうにさびしかったんだよ」またメイがいう。「アーリアといっしょにすわんなきゃいけなくて、あの子、カンニングばかりしようとするの。ほんと頭にくるったらない」

　受話器を首とかたのあいだにはさみながら、もっとメイに学校の話をしてほしいと思う。たった一日お休みしただけなのに、もっと長く休んでいた気がする。しんとした家のなかにずっとパパとふたりですわっていたことで、自分はほかの人といっしょにいるのが好きなんだと気づいた。とりわけメイやメイの家族といっしょにいるのが。

　でも、うちでいまなにが起きているのか、メイに話すことはできない。それでメイが、「明日、遊びにこない？」とさそってくれても、断《ことわ》るしかなかった。

　メイががっかりした声を出した。「でももうぐあいはいいんでしょ？」

「うん。でも、うつったらこまるから」

「そんな」

「メイにばい菌《きん》をうつしたくないからね」うそがすらすら口から出てくる。そんな自分がちょっといやになる。ほんとうのことをメイにいえないのがつらい。

　日曜日の朝、マグカップに入れたお茶をパパの寝室《しんしつ》に運んでいって、思わず息をのんだ。パパがわたしの書いた物語を読んでいる。集中しているようで、目が着実に行を追っている。わたしの目はすいよせられたように、その光景を見まもっている。なにか読んでいるところを人にじいっと見られるのはいやだろうとわかってはいても、どうしても目をそらせなかった。ベッドわきのテーブルにマグカップをおきながら、わずかな反応《はんのう》もききもらすまいと一心に耳をそばだてる。しまいに耳がずきずきしてきそうだった。笑いだすかな？　それとも、ため息をつく？　けれどもパパはひたすら読んでいくだけで、まったく無表情《むひょうじょう》だった。

不安に胸《むね》をドキドキさせながら、わたしは部屋を出てドアをしめた。なにかすることを見つけないと、そのままドアにはりついて、ばかみたいにずっとききを立てていそうだった。

自分の部屋に入って、室内をしげしげとながめる。そろそろもよう替《が》えが必要だ。まずベッドの枠《わく》を部屋のはしからはしへ苦労して移動《いどう》する。次にタンスの引き出しから中身をぜんぶ出し、それから引き出し自体もすべて引っぱりだし、タンスの本体だけをべつの場所に移動《いどう》する。それからまた服を引き出しにもどそうとして、少し迷《まよ》った。ほとんどの服が小さくなっていた。ブラウスやシャツ、ズボンやスカートなど、ひとつひとつ見ていって、小さすぎるものはわきにとりよけておく。残ったものは見るからに少ない。それでも小さくなったものをメイのママのところに持っていって分解《ぶんかい》してもらい、それで新しい服をつくってもらうことはできるんじゃないかな？　それなら新しい服を買わなくてもすむ。シャツを一枚《まい》手にとって、ぬい目をしげしげと見る。これって、糸を切ってばらばらにして、また新しくぬいあわせればいいんじゃない？

家のどこかに針《はり》と糸があるはずだった。考えるより先にキッチンの引き出しを片《かた》っぱしからひっかきまわして裁縫《さいほう》用具をさがす。その三十分後には、自分の部屋のゆかに分解《ぶんかい》したシャツ四枚《まい》を広げて、どうつなぎあわせて新しいものをつくるか、その設計図《せっけいず》づくりに夢中《むちゅう》になっていた。

と、ドア口にパパがあらわれ、わたしはびっくりして飛びあがった。

「ふろに入ろうかと思って」パパがいって、またすがたを消した。

ああ、おどろいた。

わたしはゆかにしゃがんだまま、一瞬《いっしゅん》ろうかに目をみはった。パパはわたしの書いた物語を読み終えたのかな？　どう思ったんだろう？　なにも感想をいわないなんて！

でも待てよ。自分からおふろに入ろうと思った。ようすがおかしくなってから、初めてベッドから出た（トイレに行くのはべつとして）。

そんなに多くを期待しちゃだめだ。
これだけでもじゅうぶん、うれしいことなんだから。

37

月曜日の朝、わたしはいつもの時間に目がさめた。部屋のなかががらりと変わっているのがなぜなのか、思い出すまでにちょっと時間がかかった。きのうもよう替《が》えをしたんだった。冬休みまで、学校に行くのもあと一週間。でも今日は制服《せいふく》に着がえるべきかどうか、まだわからない。足音をしのばせてパパの部屋まで行き、ドアの前できき耳を立てる。規《き》則正《そくただ》しい寝息《ねいき》がきこえるから、たぶん眠《ねむ》っているんだろう。わたしの物語を読んでなにもいってくれないので、頭が変になりそうだったけど、こちらからきくのはやめようと、心に決めていた。パパのほうで用意ができたらきっと話してくれる。きのうおふろに入ったあと、パパは着がえて居間《いま》におりてきた。わたしが本を読んでいるあいだ、しばらくそこにすわっていた。あいかわらず虚空《こくう》を見つめていたけれど、自分の寝室《しんしつ》ではなかったので、これも進歩だと思うことにした。

冷たい石のゆかに身ぶるいしながら一階におりて、パパに紅茶《こうちゃ》をいれる。牛乳《ぎゅうにゅう》はくさっていた。パパかわたし、どっちかが、今日こそ買い物に行かないと。

マグカップを持ってまた二階へあがり、パパの寝室《しんしつ》のドアをおしあける。

「おはよう！」

次の瞬間《しゅんかん》、息がのどにからみついた。ふとんをおおう山ほどの紙。わたしの書いた物語――そればかりじゃなく、パパの字にびっしりおおわれた、たくさんの紙が散らばっている。パパはこれを書いていた。真夜中に。これだけ書くには、何時間もかかったにちがいない。

手のなかでマグカップがふるえ、お茶が少しこぼれた。あわててテーブルにおく。パパはいったい、なにを書いてたの？　わたしは恐怖《きょうふ》にかられた。またレモンについて書きはじめたのだったらどうしよう？

いちばん近いところにある紙に手をのばそうとしたところ、パパのまぶたがふるえてぱちっと目があいた。わたしは悪いことをしようとしているのを見つかったような気がして、あとずさった。

「カリプソ」眠《ねむ》たげにパパがいう。「いま、何時だ?」

「八時十五分前」いいながらどうしても、散らばる紙に目がいってしまう。「気分はどう?」

パパが目をこすりこすり起きあがった。「ああ、悪くない。今日は何曜日だ?」

「月曜日」

「月曜? ほんとか?」混乱《こんらん》しているようだった。「まちがいないか?」

「うん」わたしはくちびるをかんだ。病気のせいでこんなことをきくのだろうか? パパはこれまでにも、今日が何曜日だかよくわすれることがあったから、べつに心配することじゃない?

「でも、わたしは家にいてパパのめんどうを見るから」

パパが顔をしかめる。「もう休みに入ったのか?」

「ちがう。今日も学校はあるんだよ。でも……」

「じゃあ行きなさい」とパパ。

ほかのことなんてどうでもいいから、わたしはパパの書いているものを読みたくてたまらない。

「学校は大事だぞ」

「食事はどうするの？　ちゃんと朝食を食べてくれる？　昼食は？　牛乳《ぎゅうにゅう》も買わなくちゃいけないんだよ。お昼の時間にもどってきたほうがいいね」

「必要ない」ほとんどいらだつ口調になっている。「パパはだいじょうぶだ、カリプソ。だいたいパパは大人だぞ。自分のめんどうぐらい自分で見られる」

わたしの口がぽかんとあき、目に涙《なみだ》がちくちくもりあがる。この三日間、わたしがなにをしてきたか、知らないの？　どれだけ心配したか、ぜんぜんわかってないの？　なんていう恩知《おんし》らずだろう！　信じられない！

「わかった」わたしはぶっきらぼうにいった。「じゃあ着がえて学校に行く」

ふいに、いっときでも早く、この家から飛びだしたくなった。あんな紙、どうだっていい。なにをこそこそ書いていたか知らないけど、わたしの知ったことじゃない。制服《せいふく》に着がえ、朝食を食べようとしたけれど、ひと口ごとに飲みこむのに苦労する。あんまり頭にきたので、あがっていってあいさつをするのもやめた。かわりにかばんをつかんで、「行ってきます」と二階にむかって大声でいった。
答えはない。
玄関《げんかん》から出ると、たたきつけるようにドアをしめた。

38

校庭で、メイとわたしはこれまでにないほど熱烈《ねつれつ》なハグをした。
「すごーく、さびしかった」メイがいってため息をつく。
「わたしもおんなじ」こらえようとがんばったのに、ふいに涙《なみだ》がこぼれた。
「どうしたの?」メイが息をのむ。
わたしは首を横にふった。「メイにうそついた」
「どんな?」

「金曜日は病気じゃなかった」

ひとたびしゃべりだすと、もうとまらない。パパのようすがおかしくなって、まったくしゃべらなくなったこと。それでパパの部屋のゆかで寝《ね》て、なんとか死なせないようにがんばったことまでぜんぶ話した。それに今朝、わたしの苦労なんかまったく知らずに、パパがえらそうにしていたことまで。

メイがぎょっとして、わたしの顔をまじまじと見る。

「ちょっと、カリプソ！　そんな大変なことになってたなんて！　あたし、ママに話してみる。カリプソはまたうちに泊《と》まればいいよ」

一瞬《いっしゅん》なにも考えずに、うんといいそうになった。自分のめんどうぐらい自分で見られるとパパはいっていた。だったらやってみればいい！　でも、「そうさせてもらう」っていおうとして口をひらいたのに、わたしは首を横にふっていた。

「できない」わたしはいって涙《なみだ》をふいた。それからもっと落ち着いた口調で説明した。

「だめなんだ、メイのところへは行けない。ほら、あれ――強い心がどうのこうのって、話したことがあるでしょう？　それがなんだかわかったの。といっても、メイに教えてもらったようなもんなんだけど。強い心っていうのは、自分のためにあるものじゃない――

人のためにつかう。パパにはわたしが必要なんだよ。わたしがパパといっしょにいることがすごく大事なんだと思う。そうしようって、もう決めたんだ」

「だけど今朝、ひどいことをいわれたんだよね」とメイ。

「うん、だけど……あれはただ、またわたしをつきはなそうとしただけだと思う」いいながら、たしかにそのとおりだと思えてくる。「パパはずっとひとりでやってきた。でもそれって、わたしたちにとってよくないことで、それを教えてあげなきゃいけないって思うんだ」

チャイムが鳴った。みんなは気にもとめず、わたしたちを追いこして走っていく。

「とにかく、だいじょうぶ」わたしはいった。「大人を世話する子どもの会でレジリアっていう子にいわれたんだ。みんなこういうショックを通過《つうか》するらしい。パパもいまにそこからぬけでると思うんだ。それにきのうは、金曜日や土曜日よりもぐあいがよかったし」

「カリプソ！　メイ！」スポットリン先生が昇降口《しょうこうぐち》に立ってよんでいる。校庭に残っているのはわたしたちだけだった。

「またあとで話すから」わたしはメイの手をつかんで引っぱった。「わたしも言葉さがしの問題をつくらなくちゃ」

39

はたして家のなかでどんな状況《じょうきょう》が待っているか、予想がつかない。玄関《げんかん》ドアの前にしばらく立ちつくしてから、鍵《かぎ》をあける。学校はほんとうに楽しくて、まるで休暇《きゅうか》をすごしてきたあとのようだった。家には入りたくないような気分。心の奥深《おくふか》くにずっと巣くっている不安が頭をもたげてくる。朝からずっと家をあけていた。そのあいだパパは乗り切れただろうか？　ドアをあけたら、どんな光景が待っている？

息をすってから、ドアをあけた。

右手の、家の表に面した居間《いま》から音楽が流れてきた。わたしはかばんをおいて、玄関《げんかん》にしばらく立っている。なんの曲かわからないけど、オーケストラ曲が大きな音で鳴っている。ヴァイオリンの音色が高くひびきわたり、トランペットがファンファーレを鳴らしたかと思うと、あらゆる楽器がいっせいにひびきわたって、陽気な調べを奏《かな》でだした。

パパが居間《いま》のまんなかに立って目をとじている。まるで見えない楽器を演奏《えんそう》しているかのように手をこきざみに動かし、顔にふしぎな表情《ひょうじょう》がうかんでいる。うれしそうであると同時に悲しそう——まるで痛《いた》いけど気持ちいいって感じ。

パパが目をあけ、おどろいてびくっとした。「カリプソ。帰っていたとは思わなかった」

「ごめん。それで——パパはだいじょうぶなの？」

パパはＣＤプレイヤーの音量をしぼった。「エルガーをきいていた」

「いい曲だね。音が大きかった」

パパはもう立っていられなくなったかのように、いきなりソファに腰《こし》を落とした。

「つかれてるんだ」

「みたいだね。ところでパパ、牛乳《ぎゅうにゅう》は買ってきた？　お昼ごはんはちゃんと食べた？」

パパは首を横にふった。「腹《はら》はへってない」

「パパ」わたしはゆかにかばんをおいた。「食べなきゃだめだよ。パパが自分のめんどうをちゃんと見られなかったら、わたしはパパをおいて出かけられないでしょ？」

パパはふんと鼻を鳴らした。「ばかなことをいうもんじゃない」

「ばかなことじゃないよ、パパ。こんなの狂《くる》ってる。ちゃんと食べなきゃだめだって」

「たぶんパパは狂《くる》ってるんだろう」皮肉な口調でいう。

胸《むね》に痛《いた》みが走った。「そんなこといわないでよ」

沈黙《ちんもく》が広がった。

「クリスマス、メイの家に行こうね」わたしはぽつりといった。

「いや、カリプソ、その話はまたにしてくれ」

「ほら、まただ」わたしはかっとなった。「パパはいつまでも先のばしにしてるけど、それじゃあメイの家がこまるんだよ。まえもって食材やなんかの注文もしなくちゃいけないんだから。もう来週の週末なんだよ、パパ。そういう話をしないで、ほかになにをしようっていうの？　しんとしたなかにふたりすわって、ふさいでいるってわけ？」

パパがむっとしていう。「いっしょにいると、そんなに気がふさぐとは知らなかった」

「行くでしょ？」

「おまえはパパにきいているのか、それとも命令しているのか？」ぴしゃりという。

「きいてるんだよ」涙《なみだ》が目にちくちくもりあがってきた。

パパは頭痛《ずつう》がするとでもいうように、おでこを片手《かたて》でしっかりおさえ、なにもいわない。

わたしはため息をついた。ＣＤが終わって回転がとまった。わたしはプレイヤーのところまで行って、スイッチをオフにした。と、プレイヤーの下から、紙のたばが顔を出していた。今朝目にした紙。

「これ、なに?」思い切ってきいた。

パパは答えない。

半分はわたしのものだから、ぜんぶもらったっていいだろう。紙のたばをつかんでキッチンへ行き、やかんに水を入れてから、さあ読んでみようとテーブルについた。

わたしの物語は、友だちがまったくいない孤独《こどく》な男の子が、太陽のようにかがやいている女の子と出会い、世界は思っていたよりずっとすばらしいところだと気づく話。なぜなら、その世界でいっしょにすごす人ができたから。

わたしの物語が終わったところから、パパがつづきを書いていた。最初は自信のなさそうな文字がならんでいたけれど、だんだんに勢《いきお》いがついて、とちゅうからは力強い文字がすらすらとつづいている。

男の子は女の子に、「ぼくらはずっといっしょにいるべきだ」といった。女の子はにっこり笑って男の子の手をとり、「もちろんよ」といった。「だって、人生ってそういうものだから。人といろんなものを分かちあって、いっしょにおどろいて、いっしょに泣いて、いっしょに笑うものだから」

ふたりは庭に出ていって、きゃあきゃあ声をあげて笑い、冬には雪合戦をし、七月には日なたに寝《ね》ころがった。すると男の子は、もう自分がひとりの人間ではない気がしてきた。なぜだか、女の子が自分の一部になったように思える。からだも心もひとつになったような気分だった。男の子は女の子が大好きになって、たとえ一分でもはなれていると、その時間がとてつもなく長く感じられた。

そうしてふたりはいっしょに大きくなり、そのあいだ、女の子は男の子に、人といっしょにいる時間を楽しめるよう力を貸《か》した。他人の気持ちを感じとることの大切さをわからせ、なぜ人は思ったことをそのままいわず、思ってもいないことを口にするのか、説明してあげた。男の子はだんだんに自信がついてきて、新しい場所に出かけるのをいやがらなくなった。女の子がいつもそばにいたから。

やがてある日、女の子が男の子に、「結婚《けっこん》しましょう」といった。なるほど、そうすればずっといっしょにいられると男の子は思った。だから、そういわれたとき、これ以上にすばらしいときは二度とやってこないと思った。ところがやってきた——結婚式《けっこんしき》で祭壇《さいだん》にあがった女の子を見た瞬間《しゅんかん》は、さらにすばらしかった。白いドレスを着た女の子はふだんとまったくちがって見えて、ひょっとして別人なんじゃないかと男の子はパニックになる。けれどもそこで、女の子の髪《かみ》にかざられた花と、風変わりなアクセサリーが目に入って、男の子の心臓《しんぞう》が高鳴った。豪華《ごうか》なドレスに身を包《つつ》んでマニキュアや化粧《けしょう》をしていても、そこにいるのは自分の愛した女の子にまちがいないとわかったからだ。

男の子の両親はレモンをかんだような酸《す》っぱい顔をして、「この結婚《けっこん》はどうせ長くはつづかない」と不満をもらした。そして両親の予想は当たっていた——ただし、結婚《けっこん》生活が終わったのは、両親が考えていたような理由ではなかったのだけれど。

それからふたりに赤《あか》ん坊《ぼう》が生まれ、その子はふたりの人生を照らす太陽になった。ただし赤《あか》ん坊《ぼう》を育てるのは、思っていたほど楽ではなく、愉快《ゆかい》なことばかりでもなかった。赤《あか》ん坊《ぼう》の世話は大変で、やってもやっても終わりがない。それでも赤《あか》ん坊《ぼう》が笑顔《えがお》になり、声をあげて笑い、歩いたりしゃべったりするようになると、以前にもまして太陽が明るくかがやきだした。

ママとなった女の子は赤《あか》ん坊《ぼう》をとても愛していて、赤《あか》ん坊《ぼう》を見るまなざしからも、世話をする両手からも愛があふれだしていた。赤《あか》ん坊《ぼう》もママが大好きで、あらゆるときをとらえてはママにかけより、ママをよんだ。パパとなった男の子は見ていてうらやましくなった。あんなふうに自由に、自然に、子どもに愛情《あいじょう》をむけることは自分にはできないとわかっていたからだ。でもその必要はなかった。女の子がかわりにそうしてくれるから。

やがてふたりに別れがやってきた。相手への愛情《あいじょう》がなくなったからでも、考えが合わなくなったからでも、事故《じこ》でもない。原因《げんいん》は病気。もう何年も前から、ある病気が女の子のからだにしのびよっていた。病気はなかなか表には出てこなくて、ようやく症状《しょうじょう》となってあらわれたときにはもう手遅《ておく》れで、手のほどこしようがないと医者がため息をついた。

ママがどこに行ったのか、子どもにはわからない。ママの行き先を子どもは何度も何度もきいてくる。しまいに男の子はたえられなくなって、「もうきくな」と子どもにいった。それから、自分のこわれた心をとりあげて、手の届《とど》かないところにしまって鍵《かぎ》をかけた。もう二度ともとどおりにはならないとわかっていたから。

そしてそれから、男の子は自分をモンスターに変えていった。自分の心に鍵《かぎ》をかけるだけでは気がすまず、子どもにも同じことを要求したのだ。本や、そこから得られる知識《ちしき》のほうが、他人や、他人の感情《かんじょう》よりも大事なんだと子どもに教えこみ、ひとりぼっちの生活になじんでいく我《わ》が子《こ》を誇《ほこ》らしげに見つめていた。じつは子どももまた、さびしい思いをしていると気づいたときには遅《おそ》かった。自分はまちがっていた、すまなかったとあやまっても、もう遅《おそ》い。

目の前で言葉がぼやけているけれど、とにかく終わりまで読んだ。パパの書いた文章はここまでで終わっている。これがパパの物語の結末。それからしばらくそのますわって、涙《なみだ》が顔を流れていくままにした。やがてペンを手にとり、つづきを書きだした。

けれども子どもは、愛と友情《ゆうじょう》を自分で見つけた。なぜなら世界は、ひとりぼっちで生きるようにはできていないから。そうして父親にふたたび愛を教えた。なぜなら、父親のなかにはいまでも、ずっとむかしに女の子を愛した男の子がいると、心の奥底《おくそこ》でわかっていたから。そうして親子はともに日ざしをとりもどし、男の子をふたたび明るい世界にもどすことに成功した。

書き終わると、涙《なみだ》をふき、新たに書いた物語のつづきを持って居間《いま》に行ってパパにわたした。

40

留守番《るすばん》電話に、アントニアからわたしへのメッセージが入っていた。もし必要なら連絡《れんらく》をくださいと。でもそれをきいたときには、すでに六時をすぎていたから、いずれにしろもう事務所《じむしょ》にはいないだろうと思った。

クリスマスまでにあと一回、大人を世話する子どもの会に参加することになっている。でもわたしを送っていくのを、パパに思い出させるのは気が引けた。いまは微妙《びみょう》なとき。足をふみだす場所をちょっとでもまちがえたら、まっさかさまに崖《がけ》から落ちてしまうような、なにか危《あぶ》ないきわをわたっているような気がしていた。でも、その場その場で、まちがいなく正しいことを口にして、正しいことをすれば、ふたりそろって、ぶじ安全な場所にもどれる気もしている。

パパはわたしの書いた物語のつづきを読んだ。そして泣きだした。あまりにも思いがけないことだったので、わたしは一瞬《いっしゅん》どうしたらいいのかわからなかった。それでもパパに近づいていって、うででそっとだくようにしてこういった。

「だいじょうぶだよ、パパ。うまくいくって」

パパの泣き方はぎこちない。あんまり久《ひさ》しぶりで泣き方をわすれてしまったみたいだった。それからしばらくして、わたしをおしはなし（でも意地悪なやり方じゃない）、「もうだいじょうぶだ」といった。

それだけで、魔法《まほう》のようになにかが変わることもなかった。パパはベッドにもどり、夕食にトーストを一枚《まい》食べたきりだった。でもこれが、ふたりの小さな一歩だとわたしは感じていた。

どんな旅だって、小さな一歩から始まるんじゃない？　そうして、ときにはすわったり、ちょっともどったりもしなくちゃいけない。だって前へ進んでいくのはやっぱりおっかないし、前へ進むより先にやっちゃわなきゃいけないことがあるかもしれない。それでも小さな一歩を重ねていかなければ、旅はできない。

旅は、だれか手をつないでくれる人がいると、ずっとすてきになるって、いまではそれもわかっていた。だからメイに電話をして、どれだけあなたがわたしにとって大事なのか、言葉にした。メイといっしょにいると、なんでもかんでもかがやきがまして、いっそう豊《ゆた》かになる。いっしょにおどろいたり喜んだりするのが、どれだけすてきなことか、メイが教えてくれたんだよって。するとメイは泣きだした——なぜって、メイはなんにでも泣くから。泣かれてもわたしはこまらなかった。うれし泣きだってわかってたから。

それからわたしはメイに、クリスマスにはパパといっしょに行くからと伝えた。

41

クリスマスの朝、玄関《げんかん》のドアをあけて出てきたメイは、歩いている人がふりかえりそうな大声をあげた。

「ハッピー・クリスマス！」メイは大きな赤いまくらカバーをわたしにふりかざしてみせる。「ずっと待ちつづけて、気が変になりそうだった！」

「それ、くつ下じゃないよ!」わたしは抗議《こうぎ》の声をあげた。「まくらカバー!」

わたしは自分のくつ下がはずかしくなった。パパの古いハイソックスのはき口にスパンコールやきらきらしたビーズをぬいつけたもので、一応《いちおう》ぱんぱんにふくれているけど、メイのまくらカバーからのぞいているプレゼントは、わたしのくつ下にはとうてい入りそうにない。

メイがわたしの手をつかんだ。「いいの。ふたりで分けようって、そういったでしょ?さあ入って、なかでいっしょにあけよう。あっ! そのブラウス、ひょっとしてお手《て》製《せい》?」

「うん」わたしはいった。「あんまり上手じゃないけど。ぬい目がほつれてきちゃって」

「すてき!」メイが歓声《かんせい》をあげた。「くるっとまわってみて」

はずかしかったけど、いわれたとおりにする。四枚《まい》のブラウスを分解《ぶんかい》してつくったものだった。メイのママにちょっとしたアイディアを出してもらって、ぬうのはぜんぶ自分でやった。だから、あまり近くで見られたくなかった。

メイが感心したようすでいう。「すごい、上手だよ、カリプソ。あたしにもなにかつくってくれない?」

わたしは声をあげて笑った。「だめだめ、メイのママにもっと手ほどきしてもらわないと！」

「すばらしいできばえよ」メイのママがいった。それからわたしの頭ごしにパパに笑いかける。「ハッピー・クリスマス」

「ハッピー・クリスマス」パパがいって、ボトルに入ったワインをわたす。あいかわらずつかれた感じだけど、せいいっぱい笑《え》みを返している。「お招《まね》きありがとうございます」

「寒かったでしょ、さあさあなかへ」とメイのママ。「今日はくつろぐ日ですからね。気をつかっておしゃべりをする必要はぜんぜんありませんよ」

「え、ああ——」パパがいう。「ありがとうございます」

メイのパパが香辛料《こうしんりょう》をきかせたパンチをグラスに入れてパパにわたし、とつぜんですが、ギリシアについてはお詳《くわ》しいでしょうか、ときいてきた。パパはたまたまよく知っていたので、おすすめの歴史遺産《いさん》を次々とあげていった。

「プレゼントのくつ下！」もう待ちきれないというようにメイがいう。

わたしはメイといっしょに居間《いま》へ走った。クリストファーが先にきていて、ゆかにすわり、新しいタブレットで遊んでいる。いつものように指を一本鼻の穴《あな》に入れて。

「ハッピー・クリスマス」わたしから声をかけた。

クリストファーは、「うん」といっただけで、タブレットから目をはなさない。わたしの口から笑い声がこぼれた。

メイの家はシナモンとオレンジのにおいがした。暖炉《だんろ》の上にキャンドルがおいてあって、鏡にはツタがからまっている。部屋のまんなかには巨大《きょだい》なクリスマスツリー。本物ではなかったけれど、銀色と青のきれいなかざりとライトがついていて、ちっちゃな雪の結晶《けっしょう》がきらきら光っている。


うちにもツリーがかざってある。こっちは本物で、ひとつらなりになった大むかしの豆電球もパパが出してくれた。その豆電球はキャンドルみたいな形をしている。かざりはあんまりないけれど、毎年出すたびに、なつかしい友だちと再会《さいかい》した気分になる。大きな箱に入った紙のかざりリボンもあって、買ってからおそらく四十年ほどたっているので、色もすっかりあせているけど、まだわたしたちのお気に入り。ねじれた部分がのびてしまわないよう、まんなかから、よーく気をつけて引っぱりだす。新しい年に入ってから、これを巻《ま》きなおすのには何時間もかかる。

今年はなんだか、家をかざるということ自体、ふしぎな感じがした。パパはかざりつけをしたいのかどうかわからなかったけど、わたしが無理やりさせた。それでもリボンをかざってみると、家のなかがすてきに見えるといってくれた。パパはそれでちょっぴり泣いてしまったのだけど。最近はいろんなことで、ちょっぴり泣いてしまうことが多かった。最初はわたしもおろおろしたけれど、いまはもう心配しない。ある意味とても安心だった。

パパが原稿《げんこう》を送った先からの不採用《ふさいよう》通知がいまでは四通になった。ひとつ届《とど》くたびにつらい思いをしただろうけど、今度インターネットで発表できるように、わたしが手伝ってあげるとはげました。それなら出版《しゅっぱん》しなくても、みんなが読めて、パパの苦労は水のあわにはならない。

留守番《るすばん》電話にわたしへのメッセージを残した次の日、アントニアはうちによってくれた。パパのようすがとつぜんおかしくなったことを話したところ、金曜日にだれも折り返し電話をしなくてごめんなさいとあやまった。アントニアの子どもがひとり病気になって、その看病《かんびょう》をするために家にいないといけなかったそうだ。まさか子どもがいるとは想像《そうぞう》もしなかった。アントニアはパパに「順調ですね」といい、わたしには、「なにもかもうまく処置《しょち》してえらかったわ」といってくれた。「ただし、今度そういうことになったら」アントニアがいいたす。「ぜんぶひとりでやろうとはしないこと、いいわね？」

わたしはうなずき、わかりましたと約束した。それと同時に、また同じことがありませんようにと心のなかで祈《いの》った。アントニアに会えたのはうれしかった。その日アントニアは、わたしを力いっぱいだきしめてから、またべつのこまっている家族を助けにむかったのだった。


「お先にどうぞ」とメイ。

メイはわたしのとはくらべものにならないほど、ワクワクするプレゼントをもらっていて、それをわたしと分けあおうというのだから、ほんとうにやさしい。わたしはきれいなノートと、きらきらした金色のペンをもらい、さらに、ふたつ入っていたチョコレートの雪だるまをひとつもらった。

「サンタさんはきっと、あたしがカリプソとプレゼントを分けるって知ってたんだよ」目をきらきらかがやかせてメイがいう。

「サンタさんじゃないでしょ」とわたし。「メイの――」

「しーっ！」とメイ。「夢《ゆめ》をこわさないで！」

まだタブレットに夢中《むちゅう》になっているクリストファーが、大きく鼻を鳴らした。「あんたら、年いくつ？」皮肉な口調でいう。

メイは弟を無視《むし》した。「今日ほんとうにここにカリプソがくるなんて、信じられない」とメイ。「いっぱいいっぱいお願いしたんだけど、実際《じっさい》にくるかどうか、不安だった」

メイのママが香辛料《こうしんりょう》をきかせたあったかい飲み物を持ってきてくれたので、わたしたちはプレゼントを見せた。

「きれいですね」わたしはちょっとてれながらメイのママにいった。メイのママはお手製《てせい》のスカートをはいていて、それが色つきの豆電球の光を反射《はんしゃ》してきらきらかがやいている。髪《かみ》の毛《け》はぜんぶまとめてアップに結《ゆ》い、大きなひし形のクリップできっちりとめている。まるで女優《じょゆう》さんみたい。メイのママはおどろいたようだった――それからわたしにむかって、にっこりほほえんだ。

「ありがとう、カリプソ。あなたはほんとうにやさしいわね。年が明けたら、ミシンをつかう練習をしてみない？　あなたはセンスがいいから――かんたんな技術《ぎじゅつ》を覚えれば、なんでもぬえるようになるわよ」

自分の顔が赤くなるのがわかった。「すごくうれしいです」

「カリプソのヘアスタイルもすてきだね」メイがいう。

わたしは頭のてっぺんにピンで慎重《しんちょう》にとめた三つあみに手をふれる。すぐ丸まってしまう赤毛と三十分も奮闘《ふんとう》した成果だ。

「最初に会った日にメイがしていた髪型《かみがた》と同じにしたかったんだ」

「え、そうだったっけ？　あたし、覚えてないよ」メイがにやっと笑う。「まるで遠いむかしの話みたい」

「だよね。もう何年も前のことに思える」

わたしたちは顔を見あわせてにっこり笑った。

メイのママがクリストファーにちらっと目をやる。「そのタブレット、タイマーをセットしておきましたからね。一日二時間まで」

「えっ？」クリストファーがぎょっとする。

「ディスプレイは目によくないのよ」メイのママがぬかりなくいう。

「時間を決めたのはパパ」

「二時間なんて、ふざけてる！」

クリスマスの日であっても家族は変わらない、だよね？

42

十時にみんなで教会に行って、大きな声で賛美歌《さんびか》を歌った。それからメイの家にもどってきて、これまででいちばん豪華《ごうか》な昼食をごちそうになった。七面鳥のクランベリーソースぞえ、芽キャベツ、カブ、ジャガイモと豆のローストのあとで、クリスマスプディングとカスタードが出てきた。メイのパパが照明をすべて消してから、プディングに火をつける。ドーム形のプディングのまわりに青い炎《ほのお》が燃《も》えあがると、みな息をのみ、やがて消えてしまうまで見まもった。

昼食のあとはプレゼント交換《こうかん》。たいして期待していなかったのに、メイの両親は真新しいブーツをプレゼントしてくれた。ひざまである茶色い革《かわ》のブーツで、はき口に毛皮がついている。サイズもぴったり。なんといえばいいかわからない。こんなブーツを持つのは初めてで、一度はいたらもう二度とぬぎたくないと、ひと目見てそう思った。

メイの両親はパパにもプレゼントを買っていてくれた。新しい料理本とオーブン用のミトン。パパの表情《ひょうじょう》がやわらいだ。「カモのプラムぞえ！」ページをめくりながらいう。「黒ビールとプラムで煮《に》こんだビーフシチュー！　おっと、これもうまそうだ、チキンのレモン……」そこで自分が口にした言葉に気づいて、目を大きく見ひらいた。

レモン。

一瞬《いっしゅん》、わたしののどで息がとまった。まわりのみんなも息をつめているのがわかる。どうしてパパは大声でそんなことをいえるの？　わたしはまだあの日のことを夢《ゆめ》に見る。メイが小さく息をのむ音をさせて、わたしの顔をまじまじと見ている。

まるでみんなが、わたしの反応《はんのう》を待っているように感じられる。時間がこおりついたいまこの瞬間《しゅんかん》、わたしの出方ひとつでこの先の展開《てんかい》が決まるんだ。

たかがレモン。黄色いくだもの。ずっとさけているわけにはいかないよね？

慎重《しんちょう》に息をはく。それからまた息をすって、背《せ》すじをのばし、口もとに笑《え》みをうかべる。

「その料理、おいしそうだね」わたしはいって、パパの顔を正面から見た。

パパは不安そうな目をしていたけれど、うなずいて、同じように笑《え》みをうかべようとした。するとまわりのみんながほっとし、クリストファーがタブレットについて、パパとまた口論《こうろん》を始めた。

ああ、助かった。というか、これって危《あぶ》ない場面を自力で乗りこえたってこと？

メイはわたしにすてきなペンシルケースをつくってくれた。ファスナー付きの完全な手作り。

「その部分はママに手伝ってもらったの。でもかざりはぜんぶ自分でやったんだよ」

ペンシルケースの布《ぬの》には小さなうず巻《ま》きをはじめとするもようが何百とついている。メイの部屋のかべに描《か》いてあるのとそっくり同じ。わたしはメイをぎゅっとだきしめた。

わたしのプレゼントはコラージュのかべかけ。メイの好きな本の表紙ばかりをコピーしてキャンバス地にはりつけた。大人を世話する子どもの会の活動から思いついたものだ。ある日の放課後にスポットリン先生が、パソコンにとりこんだ表紙の画像《がぞう》をプリントアウトするのを手伝ってくれた。それを切りぬいて、大きなキャンバス地にぜんぶはりつけてから、全面にニスをぬってつやつやにした。

メイは見るなり、どっと涙《なみだ》を流した。わたしは声をあげて笑った。だってそれはものすごく気に入ったってことだから。

「がっかりした？」メイをからかう。

「まさか、すごい気に入った！」めそめそ泣いている。「いままでもらったプレゼントのなかでいちばん好き！」

メイってほんとうにおもしろい。

「カリプソ、あなたにもうひとつプレゼントがあるの」とメイのママ。

スカートをつくったときに出た、あまりの布地《ぬのじ》でバッグをつくってくれた。こんなにきれいなものを自分で持つのは初めてだった。あんまりきれいなんで言葉を失った。

「カリプソ」パパがいう。「失礼だぞ。ちゃんとお礼をいわないか」

「あら、ご心配なく」メイのママがパパのかたに手をおいていう。「ちゃんとありがとうって、いってますよ——ほら、目で」

プレゼント交換《こうかん》が終わったあとは、テレビで映画《えいが》を観《み》て、また食事——今度はクリスマスケーキとチョコレートでつくった薪《まき》形のケーキに、お茶とホットミルクが出た。

人生でいちばんすばらしい日で、終わらせたくないと思ったけど、家へ帰るのはいやじゃなかった。それどころか、心のどこかで、自分の家の静けさとおだやかさを求めている。パパとわたしだけしかいなくて、まだいろいろむずかしいことはあるけど、やっぱりうちにいると気持ちが安らぐ。家庭の安らぎ。たぶんふたりしかいなくても、家庭なんだろう。

わたしもパパも、ひとっとびに理想の家族になることはできない。でもうれしいことに、いまはふたりが同じ道を進んでいる。そうしてまもなく、努力しないでも笑顔《えがお》になれて、ハグもできるようになる。すでにいろんなことをいっしょにやってるんだし、きっとうまくいくと思う。

　おなかがいっぱいになって眠《ねむ》たくなってくると、パパがわたしの目をとらえた。わたしを守るためにパパがやったことで、つらい思いもしたけれど、やっぱりパパはだれよりもわたしのことがわかってる。

「そろそろ帰るか、カリプソ？」

「うん。そうしよう。うちに帰ろう」

エピローグ

空気にバラのにおいが交じっている。わたしたちの秘密基地《ひみつきち》のあけはなした窓《まど》から、巻《ま》きひげのような風が入ってきて、首すじをくすぐる。わたしはすわってノートにむかい、ペンを飛ぶように走らせている。小説を書くのに夢中《むちゅう》で、においも風も、さっきまでほとんど感じなかった。じつはきのうの夜、とびっきりすばらしいアイディアがうかんで、そのアイディアが早く書いて書いてと、わたしにせがんでいた。

パパといっしょにメイの家に着いてすぐ、わたしはそれについて話をした。メイはかんぺきにわかってくれて、それからすぐ秘密基地《ひみつきち》にいった。ふたりで一時間集中してノートにむかい、せっせと小説を書いていた。そのあいだにだれかがレモネードを持ってきてくれた。グラスがからっぽなのだから自分で飲んだんだと思うけど、まったく覚えていない。

夏休みの土曜日の午後だった。パパはメイの両親といっしょに庭にいる。新しいロックガーデンを設計《せっけい》するんだといってるけど、実際《じっさい》にやっていることといえば、日光浴用の寝《ね》いすに寝《ね》ころがってガーデニングのカタログをめくっているだけ。クリストファーは地面に穴《あな》を掘《ほ》っている。なんのための穴《あな》？　と思ったけど、だれもきかない。

メイと出会ってから、まもなく一年になるというのが信じられない。ほんとうにたくさんのことが起きた。一冊《さつ》の本には入りきらないぐらい。いつか、もっと年をとってから、回想録を書こう――いや、書くなら早いほうがいい。わすれっぽくなる前に。この瞬間《しゅんかん》をわすれてしまったらと考えるとぞっとする。静かな場所でなんの不安もなく、想像《そうぞう》をふくらませて小説を書き、すぐ身近にバラの香《かお》りと家族のぬくもりを感じている。

ハチが一匹《ぴき》、窓《まど》からゆるゆると入ってきて、小説を書いているノートの上にとまった。ぷっくり太ったからだをおおう毛が、日ざしを反射《はんしゃ》してきらりと光る。まるでそこだけ黄金でできているみたい。それで思い出した。手にふれるものすべてが黄金に変わる呪《のろ》いをかけられたミダス王の話。これはすごいと最初は喜んでいたのに、じつはおそろしいことだとわかってくる。そういうことってほかにもあるんじゃないかな……。そんなことを考えていたら、また素晴らしいアイディアがうかんできて早く書いてくれとせがみだした。だけど無理だった。いまは思いがけない魔法《まほう》と変わらぬ友情《ゆうじょう》の話にどっぷりひたっているから。あとで思い出せるように、ノートの裏《うら》に新しいアイディアを書き留《かと》めておく。

メイがあくびとともに大きくのびをし、まるで手がつったかのように指を広げてぴんとのばしている。「だめだ、先が書けない」

「行きづまったんだね」わかる、わかるというように、わたしはいった。「なにかちょっとべつのことをして気分を変える。それからまた新たな気分で書いたほうがいい」

最近は、小説の書き方に関する本を山のように読んでいる。将来《しょうらい》プロの作家になるつもりなら、そろそろ本格的《ほんかくてき》な修業《しゅぎょう》が必要だと思ったから。

メイがうなずいた。おでこにはりついた、黒い髪《かみ》のふさを手ではらう。「暑さのせいで、頭の働きがにぶくなってるんだと思う。カリプソも、ひと息入れない？」

どうしよう。いまちょうどいいシーンを書いているところで、中断《ちゅうだん》するのはもったいない気がする。でも次になにを書くべきかわかってるんだから、しばらくそのままにしておいてもだいじょうぶだろう。

「わかった」わたしはいって、ノートの上にとまっているハチを手でそっとおしやった。ハチはブーンと羽音を鳴らして、しぶしぶという感じで飛んでいった。見ればノートの上にハチが花粉を残していた。まるで言葉を強調するアンダーラインのように、「幸せ」という言葉の下に黄色いしみがついている。わたしは思わず笑顔《えがお》になった。

外に出ると、空気がさらに気持ちよく、わたしとメイは当然のようにレモネードのおかわりをねだった。その態度が気になったのか、パパは一瞬《いっしゅん》しぶい顔をしたけど、わたしの目をとらえると、すぐに用意にかかった。例によって、言葉づかいや礼儀《れいぎ》にきびしく、ちょっときまじめすぎるパパ。でも最近は以前よりよく笑顔《えがお》を見せるようになった。暗い目をして、どこかべつの場所に行ってひっそり悲しまなきゃいけないときもあるようだけど、そういうパパを見ても、わたしは以前のようには不安にならない。うちのパパとメイのパパはいまではいい友だちになっていて、それがわたしにはとてもうれしい。

九月には新しい学校に通うことになるけど、ぜんぜん緊張《きんちょう》はしていない。だってメイもいっしょの学校だから。それに十月にひかえた学期の中休みには、ふたつの家族がそろってコーンウォールに旅行に出かけることになっている。メイとわたしはいまからその話で持ちきり！　そこで人魚やドラゴンをさがそうと思っている。もし見つからなかったとしてもかまわない。それを新しいシリーズのための取材旅行と考えて、その経験《けいけん》を小説にもりこむつもりだった。わたしは旅先で絵も描《か》こうと思っている。

わたしの十一歳《さい》の誕生日《たんじょうび》に、パパは油絵の具をプレゼントしてくれた。絵の具のひとつを手にとってふたをあけたら、二階の図書室と同じにおいがして、思わず泣いてしまった。ママのアトリエだった部屋のにおい。悲しませてしまってすまないとパパはいったけど、実際《じっさい》には正反対だった。わたしはメイと同じように、うれし泣きをしていた。まるでパパは、わたしとママをつなぐ、なにか新しいものをプレゼントすることで、ママの古い本にしたことをあやまっているかのようだった。

クリストファーがとつぜん泣きだした。うっかりシャベルで自分の手を傷《きず》つけてしまったようで、メイのママがかけよった。「よそ見をしながらやってるからよ」とクリストファーをきびしくしかりながらも、大事はないか心配して、傷《きず》のようすをたしかめている。そういうことをみんながやっているのだと最近わたしはようやく気づいた。人は、まったくちがう感情《かんじょう》をかくすために、心にもないことをいったり、やったりする。わたしもメイと出会う前はそうだった。でもいまは、自分に対して正直になろうと努めている。自分に正直になれなくて、どうして他人に正直になれるだろう?

もし作家にならなかったら、たぶんわたしは心理学者になっていると思う。人間って、思っていたよりずっとおもしろくて、何重にも重なる層《そう》を次々とめくっていくと、びっくりするようなものが見つかる。心を強くするのは自分のためだとずっと思っていた。でもいまはちがうってわかる。いちばん心の強い人は、他人に愛情《あいじょう》をかけて、他人からも愛《あい》情《じょう》をかけられる人。「孤島《ことう》のような人間はいない」という詩があったけど、いまはその意味もわかる。強い心を持っていても、愛する人がいなければ、その使い道がないでしょ？

クリストファーは冷却《れいきゃく》パックと、レモネードのおかわりをもらっておとなしくなった。

「レモンのスライス、ちょうだい」クリストファーがグラスをつきだした。

パパは自分で育てた新鮮《しんせん》なレモンにナイフを入れて、ぶあついひときれをグラスのふちにさした。「おまえもレモン、いるか？」わたしがどう答えるか知っていながら、パパがきく。

わたしはにっこり笑っていう。「いいえ、けっこうです」

「クリケットやろうよ！」クリストファーがバットを宙《ちゅう》でふっている。

メイのママはなかなか腰《こし》をあげなかったけれど、わたしたちはクリケットの柱を設置《せっち》して、パパが打者席に立った。うっかりボールを落としたメイをみんなが大声でどなる。それからみんな笑って、まもなくクリストファーがうちのパパをみごとアウトにした。

太陽はさんさんと日ざしを投げ、スライスしたレモンがつやつや光っている――だから、わたしたちはだいじょうぶ。

『闇の戦い』 スーザン・クーパー作
アーサー王伝説をもとにしたファンタジー・シリーズ。

『オデュッセイア』 ホメロス作
トロイ戦争に勝利した古代ギリシアの英雄オデュッセウスが、十年ののちに故郷に帰りつくまでの苦難の旅と、帰郷後の事件を描く壮大な物語。

『クマのプーさん』 A・A・ミルン作
クマのぬいぐるみであるプーが森の仲間たちと過ごす毎日を描いた物語。

『もりでいちばんつよいのは?』 ジュリア・ドナルドソン作
小さなネズミが機転をはたらかせて、森で一番強い動物になるまでを描く物語。

『なぜなぜ物語』 ジョセフ・ラドヤード・キプリング作
「ゾウの鼻はなぜ長い」や「ラクダのこぶはなぜできた?」といった話を集めた童話集。

『ジャングル・ブック』 ジョセフ・ラドヤード・キプリング作
オオカミに育てられた人間の子、モウグリの物語。

『オズの魔法使い』 ライマン・フランク・ボーム作
大竜巻で家ごと吹き上げられた少女ドロシーが、不思議なオズの国に着陸したところから始まる冒険物語。

『ポリーの秘密の世界』 H・クレスウエル
小さな町に引っ越してきたポリーにはみんなの目に見えない人間が見える。それは毎年ある時期になると、時の網の目をすり抜けてやってくる、地下の村人たちだった……。

『まぼろしの白馬』 エリザベス・グージ作
19世紀半ばのイギリスで親を亡くしたマリアは、裕福な貴族の親戚の館に引き取られる。しかしその館にはある秘密があって……。

『マチルダは小さな大天才』 ロアルド・ダール作
天才少女マチルダが、悪い大人たちに頭脳で立ち向かい、仕返しをする物語。

『ぼくのつくった魔法のくすり』 ロアルド・ダール作
魔法のくすりをつくって、いじわるなおばあさんに仕返しをする男の子の話。

『アッホ夫婦』 ロアルド・ダール作
おたがいを憎み合う夫婦。いつも相手をやりこめる作戦を考えているのだが……。

『小公女』 フランシス・ホジソン・バーネット作
お嬢様生活から、突然貧乏のどん底に落とされても、豊かな想像力を駆使して気高く生きていく女の子セーラの物語。

カリプソの読書案内

『少女ポリアンナ』 エレナ・ポーター作
両親を亡くし、ひとりぼっちで叔母の家に引き取られた少女ポリアンナが、どんな困難にあっても「いいこと探し」をしながら、前向きに生きていく姿を描く。

『赤毛のアン』 ルーシー・モード・モンゴメリー作
カナダのプリンス・エドワード島に暮らす老兄妹に引き取られることになった赤毛の孤児アン。周囲の愛情に包まれながら、豊かな想像力を発揮してすこやかに成長していく。

『屋根の上で暮らす子どもたち（未邦訳）』（原題―Rooftoppers） キャサリン・ランデル作
チェロのケースに入って海を浮かんでいるところを発見された赤ん坊ソフィ。成長した彼女は、母親をさがしにパリへ向かうが、手がかりはチェロの制作者の住所だけ。

『綱渡りの少女（未邦訳）』（原題―The Girl Who Walked On Air） エマ・キャロル作
赤ん坊のときに捨てられてサーカス団に育てられた少女ルーイ。切符売り場の仕事に満足せず、サーカスのスターになるべく、綱渡りの練習を続ける。

『黒馬物語』 アンナ・シュウエル作
美しい名馬ブラック・ビューティーが、その波乱に満ちた人生を自分の言葉で語る物語。

『アンネの日記』 アンネ・フランク著
第二次世界大戦時、ナチスのユダヤ人狩りから逃れるため、アムステルダムの隠れ家で暮らした少女アンネが、屋根裏部屋でつづった日記。

『ワンダー』 R・J・パラシオ作
生まれつき顔に障害のある少年オーガストが、十歳になってはじめて送る学校生活。いじめにあいながらもそれを乗り越え、ついには……。

『穴』 ルイス・サッカー作
無実の罪で更生キャンプに放り込まれたスタンリー。罪をつぐなうために、砂漠の荒野でひたすら穴掘り作業をさせられる。ある日決死の覚悟を決めて脱出をはかるのだが……。

『エミリーのしっぽ』 リズ・ケスラー作
母親とボートのなかで暮らすエミリー。水に入ってはいけないと母親から禁じられていたのに、水泳の授業に参加したところ、水着はとけてなくなり、両足はしっぽになって……。

『ウソつきとスパイ』 レベッカ・ステッド作
引っ越し先のアパートで出会った、自称スパイの少年の見習いになる12歳のジョージ。アパートの上階に暮らす謎の男の動向をさぐることになるのだが……。

『ピアの休暇の本（未邦訳）』（原題―Pea's Book of Holidays） スージー・デイ作
小学生の女の子ピアと、その家族の暮らしを描くシリーズの四巻目。今年の夏休み、ピアの家族はそれぞれ別々の場所で過ごすことになり……。

訳者あとがき

『レモンの図書室』というタイトルにひかれて本書を手にとった本好きのみなさん。学校の図書室、地域《ちいき》の図書館、街角の書店など、世界各国の様々な本が並《なら》ぶ場所に足を踏《ふ》み入れたとたん、胸《むね》がドキドキ、興奮《こうふん》にお腹《なか》が痛《いた》くなったりするのではありませんか。

この物語の主人公カリプソも本が大好きな女の子。カリプソにとって、本はたったひとつの心のよりどころです。というのも、お母さんは亡《な》くなって、いまはお父さんとふたり暮《ぐ》らし。悲しみから目をそむけて仕事に逃《に》げこむお父さんには、娘《むすめ》の面倒《めんどう》を見る余裕《よゆう》はありません。それでカリプソはひとり、ママの大好きだった本の世界に入りこみ、なぐさめを見いだそうとしているのです。愛する人を失った悲しみは同じなのに、それをパパと共有できない。カリプソの心の痛《いた》みはいかばかりでしょう。

ずっとひとりぼっちだったカリプソに、ある日転入生の女の子、メイが声をかけてきたところから物語は始まります。メイもまた本が大好きで、言葉が大好き。そんなふたりが出会ったのですから、親友になるのも当然で、メイの家族とのふれあいもあって、カリプソの毎日が輝《かがや》きだします。ところがそのいっぽうで、お父さんは妻《つま》を亡《な》くした悲しみに押《お》しつぶされそうになり、しまいには食事を取ることも忘《わす》れて寝《ね》こんでしまいます。カリプソはお父さんを一生懸命《いっしょうけんめい》世話して、なんとか元気が出るよう励《はげ》ますのですが……。

このカリプソのように、病気や障害《しょうがい》を持つ家族の介護《かいご》や看病《かんびょう》をする子どもや若者《わかもの》が、ここ数年注目を浴びています。イギリスではそんな青少年のことを「ヤングケアラー（若《わか》い介護者《かいごしゃ》）」と呼《よ》んでいて、日本でも近年大きな社会問題となっているようです。自分が成長していくことで精《せい》一杯《いっぱい》なはずの子どもや若者《わかもの》が、学校に通うこともままならず、就職《しゅうしょく》もあきらめて、親や祖父母《そふぼ》の介護《かいご》におわれる。なんと大変なことでしょう。

日本ではレモンといえば、さわやかなフルーツの代表ですが、すっぱい味のせいか、欧米《おうべい》では「欠陥品《けっかんひん》」の意味もあって、「困難《こんなん》」の象徴《しょうちょう》とされることもあります。本の世界でつちかった豊《ゆた》かな想像力《そうぞうりょく》と、現実《げんじつ》世界で育んだ篤《あつ》い友情《ゆうじょう》を武器《ぶき》に困難と戦い、すっぱいレモンから、おいしいレモネードをつくりだそうとする、そんなカリプソの前向きな姿《すがた》は、きっと読者のみなさんに大きな希望を与《あた》えてくれることでしょう。

最後になりましたが、このかけがえのない作品を発掘《はっくつ》して、日本に紹介《しょうかい》する機会をつくってくださった、編集者《へんしゅうしゃ》の喜入今日子さんにこの場を借りて心より感謝《かんしゃ》を申し上げます。

杉田七重

レモンの図書室
2018年1月15日　初版第1刷発行
2021年3月30日　　　第4刷発行

作　ジョー・コットリル
訳　杉田七重

発行者　野村敦司
発行所　株式会社小学館
〒101-8001　東京都千代田区一ツ橋2-3-1
　　　　　　電話　編集03-3230-5416
　　　　　　　　　販売03-5281-3555

印刷所　萩原印刷株式会社
製本所　株式会社若林製本工場

ISBN978-4-09-290619-8

編集／喜入今日子